KB078609

박선우 장편소설

FUSION FANTASTIC STORY

멋진 *Wonderful*
인생 *Life*

멋진 인생 1

박선우 장편소설

초판 1쇄 찍은 날 § 2016년 4월 15일
초판 1쇄 펴낸 날 § 2016년 4월 22일

지은이 § 박선우
펴낸이 § 서경석

편집책임 § 이창진

펴낸곳 § 도서출판 청어람
등록번호 § 제387-1999-000006호
등록일자 § 1999. 5. 31
어람번호 § 제1-2405호

주소 § 경기도 부천시 원미구 부일로 483번길 40 서경B/D 3F (우) 14640
전화 § 032-656-4452 팩스 § 032-656-4453
http://www.chungeoram.com
E-mail § chungeorambook@daum.net

ISBN 979-11-04-90759-3 04810
ISBN 979-11-04-90758-6 (세트)

박선우 장편소설

FUSION FANTASTIC STORY

멋진
인생

Wonderful
Life

1

청어람
도서출판

CONTENTS

멋진 *Wonderful*
Life
인생

프롤로그

사람은 각기 재능을 가지고 태어나는 것 같다.

누군가에게는 공부하는 두뇌가,
또 누군가에게는 예술적인 영감이…….

나는 그중 남들보다 뛰어난 운동신경을 가졌고,
따스한 감성이 있었으며,
반드시 이기고자 하는 승부욕도 갖춘 사람이었다.

제1장
야수들의 세계

찢어지게 가난한 집.

박강호는 그런 집의 6남매 중 막내였다.

아버지는 국도유지사무소의 임시직 운전원으로 근무하시며 6남매를 키웠는데 터무니없이 적은 월급으로 인해 형제들은 언제나 배고픔 속에서 자라야 했다.

중학교 시절 전교 10등 안에는 항상 들었으나 그는 실업계 공고를 선택했다.

어차피 집안 형편상 대학을 가지 못할 게 뻔했으니 조금이라도 더 빨리 돈을 벌어야겠다는 생각에서였다.

부모님은 그런 그의 결정을 묵묵히 받아들였다.

누군가를 부양하며 힘에 부친 삶을 산다는 건 많은 아픔을 감내하게 만드는데 그의 부모님도 그런 것 같았다.

여섯 명의 자식, 거기에서 생겨난 수많은 고민과 고통.

부모님이 막내아들의 결정을 막지 못한 것은 어쩌면 체념이었을지도 모른다.

열심히 기술을 익혀 힘든 삶을 사시는 아버지를 돕고 싶었지만, 그런 생각은 고등학교에 들어간 날부터 어긋나기 시작했다.

그가 선택한 마천공고는 자신의 생각과는 완벽하게 다른 야수들의 세계였기 때문이다.

박강호는 입학식 날부터 수많은 야수들이 자신의 주변을 어슬렁거리는 것을 확인하고 이를 슬그머니 악물었다.

마천공고는 도내에서 두 번째로 큰 도시인 C시에 위치하고 있었으나 주변의 읍, 면에서까지 주먹깨나 쓴다는 놈들은 다 몰려왔기 때문에 맹수들의 각축장이나 마찬가지였다.

더군다나 블랙서클 선배들이 신입생을 대상으로 회원을 모집하고 있어 입학식이 무슨 전쟁터로 나가는 출정식처럼 느껴질 정도였다.

마천공고에는 두 개의 블랙서클이 있었는데 하나는 밤안개였고 또 하나는 타이거였다.

C시에는 5개의 남자 고등학교가 있었고, 각 학교마다 한두 개씩의 블랙서클이 있었으나 마천공고의 밤안개와 타이거를 상대할 수 있는 곳은 전무했다.

그만큼 마천공고 블랙서클의 세력은 강력했다.

다행스럽게 블랙서클 선배들의 차출에서 빠질 수 있었으나 그때부터 박강호는 수많은 번민에 시달려야 했다.

181cm의 키에 75kg의 당당한 체격의 박강호는 남들보다 뛰어난 운동신경을 가졌기 때문에 축구, 농구 등에서 중학교 때부터 발군의 실력을 발휘했다.

하지만 싸움을 해본 적은 드물었다.

순하디순한 아버지의 영향을 받으며 자랐기 때문에 형제간 사이가 좋았고 교우 관계도 원만해서 싸울 일이 없었다.

그리고 싸우고 싶지도 않았다.

빨리 졸업해서 돈을 벌어야 한다는 생각을 가지고 있었기 때문에 그의 머릿속에는 오로지 열심히 공부하겠다는 생각뿐이었다.

싸움을 싫어했을 뿐 막상 붙는다면 누구에게도 지지 않을 자신이 있었음에도 주먹질 좀 한다는 놈들과 블랙서클의 멤버들이 수시로 시비를 걸어오는 걸 참고 견딘 것은 그런 이유가 있었기 때문이다.

하지만 사람의 삶은 항상 생각한 대로 움직이지 않는다.

중학교 때부터 단짝으로 지내며 항상 같이 다니던 유한상과 밤안개의 멤버인 김진원이 시비가 붙은 것은 입학하고 석 달이 지난 점심 무렵이었다.

유한상은 그리 큰 키는 아니었으나 다부진 몸집을 지닌 반면 김진원의 체구는 그의 반밖에 되지 않았는데 놈은 밤안개라는 배경을 믿고 수시로 시비를 걸어왔다.

일이 벌어진 그날도 시비는 그놈이 먼저 걸어온 것이었다.

"어이, 돼지!"

놈이 돼지라고 부른 것은 유한상이 들창코를 가져 언뜻 보면 비슷하게 느껴졌기 때문이다.

사람에게는 죽기보다 듣기 싫어하는 말이 있는데, 유한상에게는 그것이 바로 돼지라는 별명이었다.

놈이 밤안개의 조직원 놈들과 운동장 쪽에서 들어오며 소리치자 뒤를 돌아보는 유한상의 눈이 이글거렸다.

이전에도 같은 일이 있었지만 밤안개라는 배경 때문에 계속해서 참아온 유한상은 그날따라 참지 못하고 일을 벌였다.

운동신경이나 체격, 싸움 실력 모두 절대 지지 않을 놈한테 계속해서 멸시를 당하다 보니 그는 더 이상 견디지 못했다.

"이 씨발놈, 한 번만 더 그렇게 부르면 죽여 버린다."

"이 개새끼가 미쳤나. 죽고 싶어?"

김진원이 황당하다는 표정을 짓자 뒤쪽에서 빙글거리던 놈들의 표정도 따라서 굳어졌다.

놈들은 마치 자신이 욕을 얻어먹은 것과 같은 반응을 보였는데, 금방 입에서 쌍욕들이 튀어나왔다.

그러나 유한상의 눈은 오직 김진원에게 향하고 있었다.

"김진원, 한판 붙자. 어떠냐?"

"흐흐, 그러지. 좋아, 이따 방과 후에 체육관 뒤로 나오도록."

블랙서클의 아주 질 나쁜 특징 중의 하나가 몰려다닌다는 것이다.

집단으로 행동하고 집단으로 위협하고 집단으로 싸운다.

방과 후 김진원과의 싸움은 그렇게 진행되었다.

신입생으로 구성된 밤안개 조직원은 둘의 싸움을 구경하겠다는 구실로 떼거지로 몰려왔는데, 유한상이 타고난 체격을 바탕으로 우세하게 싸움을 이끌자 놈들은 기다렸다는 듯 다구리를 쳤다.

놈들은 열두 명이었고, 박강호는 친구가 맞는 걸 참지 못하고 싸움에 가담했다가 숫자의 열세를 극복하지 못하고 처참하게 당했다.

밤안개의 조직원들은 다른 학생들에게 본보기로 삼으려는 듯 그들을 완전히 짓이겨 놓았고, 둘은 삼 일이나 학교를 나가지 못할 정도의 상처를 입었다.

하지만 그것은 시작에 불과했다.

박강호와 유한상은 쪽팔림과 다른 학생들의 시선 때문에 맞았다는 걸 선생한테 말하지 못했다.

그 당시 학생들 사이에서 일어난 일을 선생에게 고자질하는 것은 비겁함의 대명사로 여겨졌기에 그들은 교무실에 갈 생각조차 하지 않았다.

놈들은 틈만 나면 박강호와 유한상을 괴롭히며 두들겨 팼는데, 그런 일이 거의 매일 반복되었다.

참고 견디기에는 지옥 같은 시간의 연속이었다.

담배를 길게 뿜어내고 있는 유한상의 얼굴은 퉁퉁 부어 있었고, 그중 가장 심한 곳은 눈이었다.

사람은 눈을 맞으면 정신이 나가게 되어 있는데, 눈의 신경이 뇌와 연결되어 있기 때문이다.

어제저녁 열 명의 밤안개 멤버들에게 둘러싸여 발광을 하며 싸우던 유한상이 먼저 반항을 포기하고 일방적으로 얻어맞게 된 것은 옆에서 불쑥 튀어나온 놈이 휘두른 주먹에 눈을 정통으로 얻어맞은 후부터였다.

박강호는 유한상이 쓰러진 후에도 한참 동안 미친 듯 주먹을 휘두르다 놈들의 협공에 결국 무릎을 꿇었다.

매번 싸움은 같은 패턴으로 진행되었고, 싸움이 끝났을 때 둘의 몰골은 거의 걸레처럼 변했다.

담배 연기가 얼굴로 다가오자 박강호가 자연스럽게 손을 휘저었다.

"인마, 나한테 뿜지 말라니까!"

"아우, 쓰라려. 이럴 땐 담배가 최고야. 너도 한 대 피워봐."

"너나 피워."

"많이 아프냐?"

"그럼 가렵겠어? 전신이 쑤셔서 죽을 지경이다."

"그런데 너 참 대단하다. 어떻게 얼굴이 말짱하지?"

"잘생긴 얼굴 상하면 안 되잖아. 그래서 얼굴로 날아오는 건 죽어라고 막았다."

"잘났어, 정말."

유한상이 가소롭다는 듯 중얼거리며 반대쪽으로 담배 연기를 뿜어내자 박강호가 얼굴을 조심스럽게 쓰다듬었다.

유한상은 얼굴이 말짱하다고 말했지만 그의 얼굴도 그리 상태가 좋은 것은 아니었다.

"그 개새끼들, 우릴 끝까지 물고 늘어지겠지?"

"집요하고 더러운 놈들이잖아. 지들한테 대든 놈들은 우리밖에 없으니까 본보기 차원에서라도 끝까지 괴롭힐 거다."

"난 이제 이렇게는 못 살겠다. 벌써 열두 번이나 다구리를 당했어. 그리고 앞으로 얼마나 더 당할지 알 수가 없다."

"어쩌려고?"

"이젠 본격적으로 해봐야겠다."

"네가 드디어 미쳤구나."

"누군가에게 맞는 것은 싸움 실력이 부족하기 때문이야. 옛날 그 유명한 시라소니 형님은 혼자서 30명을 부쉈다고 하더라. 나는 싸움 실력을 키울 거다. 그리고 세력도 만들겠어."

"강호야, 인마! 정신 차려!"

"그놈들이 그만두지 않겠다면 이제 내가 그만두게 만들겠다. 씨발놈들, 반드시 내 앞에서 무릎 꿇게 만들 테다."

박강호가 유한상과 함께 복싱을 배우기 시작한 것은 그때부터였고, 어리석은 선택을 한 것도 그 시기였다.

살면서 괴롭고 힘들어도 하지 말아야 할 선택이 있는데, 박강호는 더 이상 얻어맞고 싶지 않다는 생각에 밤안개와 쌍벽을 이루던 마천공고의 블랙서클 타이거에 가담했다.

아무리 복싱을 익혀도 수십 명에 달하는 밤안개 전부를 상대하기에는 무리가 따른다고 생각했기 때문이지만 타이거는 그를 암흑의 세계로 인도하기에 충분한 곳이었다.

담배와 술을 하기 시작했고, 큰 키에 탄탄한 체격, 더군다나 얼굴까지 잘생겼기 때문에 논다 하는 여학생들이 전부 관심을 보이며 접근해 왔다. 하지만 박강호는 그녀들을 쳐다보지 않았다.

비록 잘못된 길로 들어왔으나 담배와 술을 하는 여학생과 사귈 정도로 정신까지 타락한 것은 아니었다.

타이거의 선배들은 밤안개에 대한 그의 복수심을 알고 있으면서도 절대 먼저 건드리지 말라고 경고했기 때문에 그는 6개월이 넘도록 그저 지켜보기만 해야 했다.

정면충돌은 피하고 싶은 것이다.

황요성이 이끄는 밤안개는 그만큼 강한 전력을 가지고 있어 전면전이 벌어진다면 이긴다고 장담할 수 없었다.

3학년으로 올라가는 황요성은 현재 마천공고에서 가장 강한 주먹을 가진 통으로 성격마저 잔인하다고 알려져 있는 놈이었다.

그랬기에 평화를 깨고 함부로 싸움을 걸었다가는 오히려 역습을 당해 타이거가 무너지는 결과를 가져올 수 있었다.

더군다나 전면전이 벌어지면 아무리 야수들이 모여 살아가는 마천공고라도 학교 측에서 개입하지 않을 수 없게 된다.

영악하게도 선배들은 그런 것까지 감안해서 박강호를 제어한 게 분명했다.

타이거에 가입하면서 얻어맞지는 않았지만 시간이 지날수

록 스쳐 지날 때마다 비웃음을 짓는 놈들의 면상을 박살 내고 싶어 견딜 수가 없었다.

그리고 그런 결심을 굳힌 것은 바로 2학년으로 올라온 어느 봄날 김진원으로부터 비롯되었다.

김진원은 박강호가 점심시간이 끝나고 교실로 들어오는 것을 빤히 바라보면서 책상에 걸터앉은 채 옆에 있는 놈의 머리를 쓰다듬고 있었는데 얼굴에는 잔뜩 비웃음이 걸려 있었다.

김진원이 머리를 쓰다듬고 있는 놈은 마천공고에서 가장 말이 많고 소문내기를 좋아하는 김기환이었다.

김기환은 초식동물과 맹수들 사이를 오가며 삶을 영위하고 있는 카멜레온 같은 놈이었다.

김진원은 박강호가 옆을 지나갈 때에도 여전히 김기환의 머리를 쓰다듬으며 그렁대는 목소리로 이죽거렸다.

"어이, 찍새. 내가 어제 영화를 봤는데 말이야, 아주 감명 깊은 대사가 나오더라."

"어떤?"

"개새끼는 어릴 때부터 좆나게 패면 덩치가 남산만 하게 커져도 주인이 손만 올려도 대가리를 숙인다는 거야. 어때, 가슴으로 확 다가오는 명대사 아니냐?"

"응, 응……."

김기환이 자리로 들어가는 박강호의 눈치를 보면서 억지로 대답하자 김진원의 목소리가 커졌다.

놈은 교실에 있는 학생들이 모두 들으라는 듯 일부러 목소리를 키운 것 같았다.

"내가 봤을 땐 말이다, 사람 새끼도 마찬가지야! 좆나게 맞으면서 큰 놈은 좆나게 팬 사람한테 꼼짝하지 못하게 돼 있어! 토끼가 호랑이굴에 들어갔다고 호랑이가 되는 거 아냐! 토끼는 토끼일 뿐이지! 안 그래?"

놈의 말을 들은 박강호의 어깨가 들썩였다.

당장에라도 자리를 박차고 일어날 것 같던 그의 어깨를 짓누른 것은 옆에 앉아 있는 유한상이었다.

유한상은 필사적으로 박강호가 일어나는 걸 막았는데, 어제저녁에도 선배들이 둘을 불러놓고 사고 치지 말라고 경고했기 때문이다.

그날 저녁.

유한상의 자취방에서 깡소주를 마시는 박강호의 얼굴은 붉어질 대로 붉어져 있었다.

부끄러워 미칠 것 같았고, 가슴이 터질 것처럼 분했다.

실력이 없다면 모를까, 이젠 그 누구에게도 지지 않을 자신이 있었다.

동물 같은 운동신경으로 무장된 박강호의 복싱 실력은 일

취월장해 불과 9개월이 지나자 체육관 관장이 그를 전국체전에 출전시키고 싶어 할 정도로 무섭게 성장한 상태였다.

그랬기에 박강호는 말없이 소주잔을 기울이는 유한상을 향해 이를 악물었다.

"한상아, 나 사고 쳐야겠다."

"안 돼. 선배들이 어제도 경고했잖아. 정 하고 싶으면 선배들 취업 나간 여름방학 이후에 해. 그땐 나도 말리지 않을 테니까."

"싫어. 많이 생각해 봤는데, 이젠 그렇게 못 해. 하루하루 숨을 쉬고 살 수가 없다. 앞으로 어떻게 될지 모르지만 나는 갈 때까지 가볼란다."

"선배들이……."

"편하게 살고 싶으면 선배들은 계속 그렇게 살라고 해. 하지만 난 아니야. 이제부터 타이거는 내가 이끌 테다. 선배들은 3개월만 지나면 학교를 떠나지만 우리에겐 아직도 시간이 많아. 그런데 이렇게 살라고? 그렇게는 못 해. 나는… 밤안개를 무너뜨리겠다."

복수가 시작된 것은 이틀 후인 점심시간이었다.

공공연하게 학생들에게 삥을 뜯고 있던 김진원을 향해 천천히 다가간 박강호의 목소리는 늑대의 숨결이 진득하게 담겨 있었다.

"김진원, 애들 코 묻은 돈 뺏으니까 좋냐?"

"어이, 좆밥. 그냥 가라. 쥐 터지기 전에."

황당한 눈으로 김진원이 입술을 말아 올렸다.

그동안 쥐 죽은 듯이 살던 놈이 시비를 걸어오자 기가 막힌 모양이다.

하지만 박강호의 목소리는 더욱 묵직하게 변해갔다.

"개새끼, 말하는 싸가지하고는. 죽고 싶어 환장한 놈 같네."

"이 새끼가 미쳤나?"

"씨발놈아, 좆까는 소리 하지 말고 이따 방과 후에 체육관 뒤로 나와!"

"왜? 나한테 상납할 일 있어?"

"그동안 진 빚을 갚아야겠다."

"병신, 지랄하고 있네."

"주둥이 조심해. 한 번만 더 말 같지 않은 소리 하면 찢어버릴 테니까."

지루한 시간이 지나고 교실은 팽팽한 긴장감으로 가득 찼다.

박강호가 벌인 일이 학생들의 입을 통해 빠르게 퍼졌기 때문에 수업이 끝나자 모든 시선이 그에게 몰렸다.

팽팽하던 평화가 드디어 깨진다.

밤안개와 타이거는 지금까지 암묵적으로 서로의 영역을 지키며 싸움을 벌이지 않았는데 그 묵계가 박강호로 인해 깨지게 된 것이다.

그 여파는 대단했다.

학생들 사이에서는 타이거보다 밤안개가 더 강한 것으로 평가되고 있었다.

마천공고를 지배하고 있는 황요성이 밤안개의 짱이었기 때문이다.

그랬기에 평화가 깨져도 밤안개가 먼저 움직일 거라 생각했는데 결과가 반대로 나오자 전교생은 초미의 관심을 보이며 싸움이 시작되기를 기다렸다.

그러나 아무리 흥미 있는 일이 생겨도 초식동물들은 맹수들의 세계에 다가오지 못하는 법이기 때문에 체육관 뒤에는 각 진영에서 10여 명씩만 모였을 뿐이다.

밤안개와 타이거의 주력인 3학년들이 나타나지 않은 것은 후배들의 싸움에 끼어들게 되면 자존심에 상처를 입을 수 있고 자칫 전면전으로 비화될 수 있다는 이유 때문이었다.

박강호가 공터의 전면으로 나서자 김진원이 잔인한 미소를 지으며 다가왔다.

놈은 주먹에 쇠구슬이 장식된 가죽 장갑을 끼고 있었는데 전혀 미안해하지 않는 표정이다.

"어이, 좆밥. 지금이라도 사과하고 무릎을 꿇는다면 용서해 주지. 어때, 그렇게 할래?"

"내가 주둥이 조심하라고 했지. 그 주둥이, 지금 찢겠다."

일대일의 대결.

예전 같으면 싸우는 걸 지켜보다가 무조건 다구리가 들어왔겠지만 지금은 상황이 달랐다.

조직과 조직이 맞붙었기 때문에 이번 싸움은 무조건 일대일의 싸움이 될 수밖에 없었다.

박강호는 김진원이 한 발 물러나 주먹을 올리는 걸 확인하고 스텝을 밟으며 빠르게 전진했다.

시간을 끌고 싶지 않았다.

오늘 이곳의 싸움은 아주 지독하고 괴로울 테니 최소의 힘으로 최대의 효과를 노려 놈을 무너뜨릴 생각이다.

주먹은 놈이 먼저 날려왔으나 주먹을 적중시킨 건 박강호가 먼저였다.

커다랗게 휘두른 주먹을 슬쩍 피하며 던진 잽이 김진원의 얼굴을 때린 후 빠르게 돌아왔다.

그때부터 김진원은 지옥을 맛봐야 했다.

박강호는 커다란 주먹을 휘두르지 않고 급소만 골라 패며 아주 천천히 김진원을 무너뜨렸다.

잘근잘근 밟는다는 표현은 이럴 때 쓰는 게 분명했다.

불과 5분도 지나지 않아 김진원은 코피를 흘리며 얼굴을 알아볼 수 없을 정도로 엉망이 되었는데 얻어맞은 숫자로 따진다면 아마 백 대도 넘을 것이다.

좌우 연타로 옆구리를 빠르게 가격한 박강호는 충격으로 휘청거리는 놈을 향해 어퍼컷으로 피니시를 터뜨렸다.

덜컥 턱이 올라간 김진원은 더 이상 일어나지 못한 채 벌레처럼 바닥을 기고 있었지만 박강호의 시선은 차갑게 가라앉은 채 밤안개 멤버들이 모여 있는 곳으로 향했다.

그의 시선은 김진원과 함께 다구리를 해대던 놈들을 하나씩 훑어나가는 중이다.

"다음… 나와!"

박강호가 밤안개의 2학년 멤버들을 모두 박살 냈다는 소문은 마천공고 전체를 들썩이게 만들었다.

혼자서 체육관 공터에 나온 열두 명을 모두 쓰러뜨렸다는 사실은 박강호를 영웅으로 만들기에 충분했다.

하지만 박강호는 그것으로 그치지 않고 계속해서 놈들을 박살 냈다.

그동안 당한 분풀이라도 하듯 장소를 구분하지 않고 놈들을 두들겨 팼는데 체육관에 오지 않는 놈들도 일일이 찾아가 박살 냈다.

그러나 시간이 지나자 상황이 점점 심각하게 변해갔다.

일대일의 싸움이 점차 집단전으로 변하더니 점점 지독해져
갔기 때문이다.

하지만 그것은 박강호가 의도적으로 만들어낸 결과였다.

공고의 특성상 3학년은 여름방학이 끝나면 대부분 취업을
나가기 때문에 박강호는 그때를 노려 밤안개를 와해시킬 생각
을 한 것이다.

처음부터 시작하지 않았으면 모를까, 이왕 시작했다면 톱은
오직 한 명이어야 한다는 것이 그의 생각이었다.

밤안개를 무너뜨리고 명실상부한 원톱이 된다면 그는 마천
공고를 지배하는 최고의 실력자가 될 것이다.

그렇게 되고 싶었고 자신도 있었다.

복싱 기술에 실전으로 경험이 쌓이자 이제는 누구도 두렵
지 않았다.

밤안개는 집단 싸움에서도 박강호와 유한상이 선두에 선
타이거의 상대가 되지 않았기 때문에 그의 꿈은 실현될 가능
성이 컸다.

밤안개의 주력인 3학년들이 나서기 시작한 것은 여름방학
이 시작되기 바로 전이었다.

여름방학이 끝나게 되면 자연스럽게 학교를 떠나야 한다는 강박관념이 그들을 움직이게 만들었는데, 그 선두에는 마천공고의 캡틴 황요성이 있었다.

황요성이 박강호를 불러낸 것은 여름 석양이 붉게 젖은 저녁 무렵이었다.

황요성이 원한 것은 타이거의 2학년 짱인 박강호를 무너뜨려 밤안개가 와해되는 것을 막는 것이었다.

그랬기에 그는 전력을 다해 박강호를 부수려 했다.

유도 3단에 태권도 5단의 실력자.

거기에 실전으로 다져진 강력한 싸움 실력은 마천공고뿐만 아니라 C시에서도 단연 최고로 불릴 정도였다.

하지만 박강호의 복싱 실력도 그에 못지않게 무섭도록 성장해서 황요성에게 절대 밀리지 않았다.

밀고 밀리는 난타전.

그들의 대결은 다른 때와 달리 수많은 학생들에게 둘러싸인 가운데 이뤄졌다.

학교가 아니라 공개적인 대결을 위해 하천에 있는 공터를 선택했기 때문에 가능한 일이었다.

마치 영화의 한 장면 같은 두 사람의 무서운 싸움 실력에 지켜보던 자들은 잔뜩 긴장한 채 눈을 부릅떴다.

그만큼 그들의 싸움은 일반 학생들이 벌이는 개싸움과는

근본적으로 수준이 달랐다.

한 대를 때리면 한 대를 맞았지만 누구도 연타를 허락하지는 않았다.

치명타를 피하며 맹수 같은 눈으로 적의 숨통을 끊어놓기 위해 일격을 준비하는 두 사람의 숨결은 장내를 정적 속에 사로잡히게 만들 만큼 뜨거웠다.

그리고 얼마의 시간이 지났을까.

손에 땀을 쥐게 만드는 싸움이 끝났을 때 서 있는 사람은 오직 박강호뿐이었다.

황요성을 무너뜨렸으나 밤안개의 저항은 끈질겼기 때문에 그 후로도 싸움은 계속되었다.

그러나 한번 무너진 둑은 거침없이 무너졌고, 결국 밤안개는 2학년 짱이던 배명렬이 박강호에게 무릎을 꿇으면서 끝장이 났다.

그렇게 밤안개는 예속시켰으나 남은 것은 처참한 파편뿐이었다.

끝까지 반항하던 놈들을 과하게 손본 것이 결국은 화근이 되고 말았다.

전치 6주.

두 놈이 병원에 드러누웠고, 부모들은 합의를 하지 않으면 박강호를 고소하겠다며 거품을 물었다.

놈들의 부모는 다리를 저는 어머니가 무릎을 꿇어도 쳐다보지 않았는데 마치 얼음처럼 차가웠다.

자신들이 원하는 돈을 마련해 오지 않으면 합의해 주지 않겠다는 것이다.

어머니는 학교와 병원을 오가며 벌써 십여 차례나 자식 앞에서 무릎을 꿇었다.

"돈은 마련해 볼 테니 부디 우리 아들을 용서해 주세요. 부탁드립니다."

어머니는 오직 그 말만을 되뇌며 그들에게 고개를 조아려 아들의 용서를 빌었다.

어떡하든 퇴학만은 면하게 하려는 어머니의 노력은 처절하게 보일 정도로 눈물겨웠다.

그 모습을 보며 울컥하는 마음이 들었으나 박강호가 할 수 있는 일은 아무것도 없었다.

어머니의 바람과는 다르게 나쁜 길로 들어서서 싸움질을 하며 인생을 낭비했다.

그리고 이렇게 어머니를 차디찬 바닥에 무릎까지 꿇게 했으니 자신은 죄인 중의 죄인이었다.

병원에서 나와 버스를 타고 집으로 향했다.

큰길에서 내려 익숙한 파란 대문까지 걸어가는 동안 어머니는 아들을 한 번도 바라보지 않았다.

박강호가 1년 6개월의 방황을 끝낸 것은 대문 앞에 서서 아들을 바라보며 흘린 어머니의 뜨거운 눈물 때문이었다.

"강호야, 엄마가 못나서 미안해."

"엄마……"

"네가 공고에 간다고 했을 때 말리지 못한 걸 오랫동안 후회했단다. 내 꿈은 네가 대학에 가는 걸 보는 것이었는데 차마 그렇게 하라는 말조차 하지 못했어. 지금 벌어진 이 일은 네가 잘못해서가 아니라 엄마 때문이야. 미안해. 정말 미안해, 강호야."

어머니를 사랑했다.

학교라고는 문턱에도 가보지 못했을 정도로 무식했고 절름발이로 절뚝거리며 다녔으나 박강호는 어머니가 창피하다는 생각을 한 번도 한 적이 없었다.

아버지가 벌어다 주는 쥐꼬리만 한 월급으로 여섯 명의 자식을 키운 어머니는 자랑스러운 사람이지 부끄러워할 대상이 아니었다.

성격은 부드러웠으나 사는 것은 억척스러웠다.

가진 것이 없으니 자식들이 원하는 것을 한 번도 그냥 해준 적이 없었고, 한 푼이라도 아끼기 위해 별짓을 다 하셨다.

억척스럽게 산다는 것은 많은 감정을 제어해야 된다는 뜻 같았다.

그랬기에 어머니는 자식들 앞에서 한 번도 눈물을 보이지 않았다.

어쩌면 감정이 없는 사람이라고 착각했을 만큼 어머니는 모든 감정을 가슴속에 숨겨놓고 절대 보여주지 않았다.

그런 어머니가 울었다.

오로지 빗나간 아들을 위해.

어머니는 나를 탓하지 않았고 오히려 당신의 잘못을 말씀하시며 한없이 눈물을 흘렸다.

충격으로 정신이 나가 비틀거렸다.

어머니, 당신의 잘못이 아닙니다. 저의 잘못이에요.

모든 것은 제가 바보 같아서 일어난 일입니다.

그러니 울지 마세요.

어머니의 가슴에 얼굴을 묻고 한없이 울었다.

가슴이 터질 것 같았고, 왜 이렇게 살았는지 부끄러워 견딜 수가 없었다.

그런 후 한동안의 시간이 지나자 눈과 코, 그리고 머릿속을 가득 채우고 있던 더러움이 하나씩 거짓말처럼 씻겨 나갔다.

마치 기적처럼.

어머니의 눈물을 본 후 박강호는 하루 동안 방에 틀어박혀 나오지 않았다.

그리고 그다음 날 학교에 가서 보름간의 정학 처분을 받고 곧장 중고 책방을 찾았다.

어머니의 눈물은 그에게 포기한 대학 진학의 꿈을 다시 찾게 해주기에 충분했다.

그때부터 박강호는 공부에 미쳤다.

유한상을 비롯해 타이거의 멤버들이 제동을 걸어왔으나 그는 칼로 팔뚝을 긁어 피를 뿜어냄으로써 자신의 의지를 보여주었다.

오랫동안 그만둔 공부였지만 중학교 시절 워낙 확실하게 기본기를 닦아놓았기 때문에 큰 어려움은 느끼지 않았다.

공부는 시간과 열정이 모든 것을 말해주는 법이니까.

공고라고 해서 모두 취업을 목표로 하는 것은 아니었다.

3학년이 되면 대학에 진학할 사람과 취업을 나가는 두 부류로 구분되는데 대학을 목표로 하는 학생들은 대부분 전교권에서 놀 정도로 성적이 뛰어났고 그 숫자는 30명도 채 되지 않았다.

온갖 양아치가 판치는 마천공고였으나 학교 측에서는 우수한 학생들이 마음껏 공부할 수 있도록 최선의 노력을 다했다.

특별히 학교를 개방해서 야습을 할 수 있도록 도와줬고, 선생님들을 배치해서 공부에 방해되는 어떤 일도 생기지 않도록 주의를 기울였기 때문에 노는 놈들이 접근하는 경우는 거의 없었다.

박강호의 머릿속에 남은 것은 오직 하나.

무슨 일이 있어도 어머니의 소망을 위해 대학에 진학하는 것이었다.

그는 하루에 네 시간을 자며 공휴일, 심지어 명절에도 도서관에서 나오지 않았다.

한번 시작한 이상 끝장을 보고 싶었다.

그러나 사람의 일은 정말 알 수가 없이 진행되는 모양이다.

그에게 뜻하지 않는 위기가 불현듯 찾아온 것은 여름방학이 끝나가던 8월의 어느 날이었다.

첫사랑.

듣기만 해도 가슴 설레는 단어를 박강호의 가슴속에 만들어준 사람을 만난 것이다.

제2장
첫사랑

일요일.

저녁을 먹기 위해 집으로 돌아가는 길이었다.

전교 1등을 놓치지 않던 민병호와 같이 우산조차 쓰지 않고 비를 맞으며 걸어갈 때 소녀는 한 폭의 그림처럼 맞은편에서 거짓말같이 다가왔다.

그녀의 눈이 자신에게 다가왔고, 그도 그녀의 눈을 바라보며 그렇게 걸었다.

비에 맞아 온몸은 생쥐 꼴로 변했지만 그녀의 시선을 받는 것만으로도 가슴이 따듯해져 왔다.

단발머리에 동그란 두 눈과 작은 입술, 그리고 가녀린 몸.

너무나 예뻤고, 어쩌자는 생각조차 갖지 못할 정도로 순수한 눈망울을 가진 아이.

타이거에 가담해서 선배들을 따라다니며 많은 여학생을 만나봤지만 그녀는 그 어떤 아이보다 아름답고 순수해 보였다.

그녀를 발견한 50m의 거리가 점점 가까워지며 얼굴에 있는 작은 점까지 보였을 때 그녀는 어느새 박강호를 바라보던 시선을 거둔 채 앞만 바라보며 지나쳐 갔다.

가슴이 철렁 내려앉았다.

그녀의 시선이 자신에게서 떠나간 순간 소중한 무언가를 잃어버린 것처럼 가슴이 허전해졌다.

그럼에도 옆에 있는 민병호를 의식해서인지 아니면 죽기를 각오하고 공부만 해야 한다는 신념이 그를 막은 것인지 그녀를 향해 고개를 돌릴 수 없었다.

무거운 발걸음.

그녀와 멀어지는 발걸음 한 발 한 발이 무겁게 느껴져 걸어가기가 힘들다는 생각이 들었다.

얼마나 걸었을까.

세어보지는 않았지만 그녀와 스쳐 지나며 꽤 많은 걸음을 옮겼을 때 불쑥 민병호의 입이 열렸다.

"강호야, 쟤 정말 예쁘지 않냐?"

"누구?"

고개를 숙이며 걸었기 때문에 반사적으로 반문한 박강호의 입이 떠억 벌어졌다.

또 다른 누군가가 다가왔을 거란 판단은 민병호의 고개가 뒤쪽을 향하고 있다는 것을 보고 나서야 틀렸다는 것을 알았다.

민병호는 걸음을 멈춘 채 멀어져 가는 소녀를 보고 있었다.

저절로 얼굴에 미소가 지어졌다.

누군가를 보면서 같은 감정을 느꼈다는 동질감은 자신도 모르게 웃음이 피어나도록 만들었다.

"아는 애냐?"

"아니. 그냥 예뻐서 해본 소리야."

"그래, 예쁜 애다. 내가 봐도 참 예쁘더라."

"안 보는 것 같더니 언제 봤데?"

"너보다 많이 봤을 거야. 너보다 훨씬 먼저 발견했으니까."

박강호는 민병호의 대답을 들으며 활짝 웃었다.

그러고는 가방을 불쑥 민병호에게 던진 후 지체 없이 반대편을 향해 달려갔다.

"우산 좀 같이 써요!"

양해는 구하지 않았다.

양해부터 구한다면 결코 그녀의 우산으로 들어가지 못할

거라 생각했기 때문이다.

전력으로 달려와 거칠어진 숨소리와 함께 불쑥 파고들었음에도 그녀는 얼떨결에 우산을 옆으로 이동시켜 박강호가 비를 맞지 않도록 해주었다.

어느새 빗줄기는 더욱 굵어져 사방이 뿌옇게 보일 정도였기 때문에 그녀의 우산은 둘이 쓰기 부족했지만 그도 그녀도 그런 것에 신경조차 쓰지 않았다.

뒤늦게 그녀의 입술이 주저하며 열린 것은 박강호의 얼굴을 확인한 후였다.

"누구… 세요?"

"비 맞고 가던 사람. 비를 피해야 했던 사람이죠. 그리고 구세주를 만나 이렇게 우산 속에 들어왔고요. 나는 박강호라고 합니다."

"아, 네."

"이름이?"

"김소현이에요."

이름을 말해주는 그녀의 얼굴이 붉어졌다.

수줍음을 느끼고 있는 것이다.

그랬기에 박강호는 자연스럽게 말을 이어나갔다.

"어디까지 가요?"

"저는 학교 가는 길이에요."

그때서야 김소현이 입고 있는 교복이 눈으로 들어왔다. 여고, 그것도 파릇파릇한 1학년생이다.

나이를 알게 되자 마구 뛰던 가슴이 천천히 진정되었다.

"1학년이네. 난 3학년이야. 말 높이려니까 불편한데, 말 놔도 될까?"

"네, 그러세요."

"학교까지 간다고 했지? 그럼 거기까지 같이 가자."

"집이 저희 학교 쪽인가요?"

"아니, 그냥 같이 걷고 싶어서. 우리 집은 반대쪽이야."

"네?"

"사실은 친구랑 같이 가다가 소현이를 보게 됐는데 너무 예뻐서 따라왔어."

"아……."

이번에는 더욱더 얼굴이 붉어졌다.

낯선 남자의 고백이 그녀의 가슴을 쿵쾅거리며 뛰게 만든 모양이다.

사실 C시에서 박강호는 학생들 사이에서 무척 유명했다.

주먹으로 블랙서클을 완벽하게 평정한 그는 노는 놈들 사이에서는 영웅이었고, 그런 주먹을 갖고도 완벽하게 돌변해서 공부에 전념했기 때문에 일반 학생들 사이에서조차 그를 모르는 이가 없었다.

어둠의 세계에서 놀던 놈이 정신을 차리고 미친 듯이 공부에 매진한다는 사실은 극히 드문 일이었기 때문이다.

하지만 그녀는 박강호가 이름을 말했어도 전혀 놀라는 기색을 보이지 않았다.

모른다는 뜻이다.

그렇다면 얼굴이 붉어진 건 순전히 자신의 외모를 칭찬해 주는 남자의 말 때문이란 거다.

박강호는 김소현과 보조를 맞추며 천천히 걸었다.

불쑥 본론을 꺼내서 그녀를 당황하게 만들고 싶지는 않았다.

그도 그녀도 말없이 걸었다.

고등학교에 들어온 후 싸움질만 해댔고, 이어 1년 동안 꼬박 공부에만 매달렸기 때문에 여학생과 사귀어본 경험은 한 번도 없었다.

어떤 말이라도 해야 될 것 같았으나 그저 입을 꾹 다물고 걷기만 했다.

그래도 좋았다.

쏟아지는 빗소리를 맞으며 김소현과 함께 여고 정문까지 걸어간 그 길은 지금까지 그가 태어나 걸은 어떤 길보다 아름답고 풍요로웠다.

여고 정문에 도착하자 김소현은 걸음을 멈추고 박강호을

빤히 바라보았다.

이제 목적지에 다 왔으니 가보라는 무언의 표시다.

원한 상황이 아니었다.

하지만 그렇다고 아무런 표현조차 하지 못하고 간다는 건 있을 수 없는 일이었다.

그랬기에 박강호는 그동안 마음속으로 수없이 되뇌던 말을 꺼냈다.

"내가 예쁘다고 한 말 정말이야."

"…고마워요."

"그래서 말인데, 혹시 전화번호 줄 수 있니?"

"전화번호는 왜요?"

"응… 연락하고 싶어서. 보고 싶을 때 목소리라도 듣고 싶은데……."

"우린 처음 본 사이잖아요. 그런데 어떻게… 전화번호는 줄 수 없어요."

낮고 작은 목소리였지만 완강한 거부였다.

김소현은 박강호의 시선을 피하지 않은 채 자신의 생각을 정확하게 말했는데 너무나 완강해서 돌이킬 수 없을 것 같았다.

갑작스럽게 멍해졌고, 말문이 막혀서 어떤 말도 꺼내지 못했다.

여기서 전화번호를 주지 않는다는 건 자신이 마음에 들지 않는다는 뜻이다.

이번에는 박강호의 얼굴이 붉어졌다.

여자에게 딱지를 맞은 남자한테 자연스럽게 나타나는 행동이지만 박강호는 유독 더한 부끄러움으로 어쩔 줄을 모르며 고개를 숙였다.

김소현의 입이 다시 열린 것은 박강호가 천천히 몸을 돌릴 때였다.

그녀의 목소리만 아니었다면 전력 질주를 해서 도망쳤을 텐데 그녀의 목소리는 마치 마법처럼 그의 다리를 묶어서 움직이지 못하게 만들어 버렸다.

그녀의 목소리는 여전히 낮고 작았지만 이전과는 다르게 조금씩 떨려 나왔다.

"대신 다음 주 일요일에 다시 이곳으로 오세요. 그럼 우린 두 번째 만나는 게 될 테니까요."

그녀가 말한 일주일 후의 일요일은 더없이 느리게 다가왔다.

그 일주일 동안 박강호의 머릿속에서는 그녀의 얼굴이 수시로 떠올랐는데 공부를 위해 억지로 지우려 할수록 점점 더 선명해졌다.

괴로움과 설렘의 교차.

어머니의 꿈을 이루기 위해, 그리고 빗나간 자신의 인생을 다시 세우기 위해 이를 악물고 노력한 시간이 그녀에 의해 무너질지도 모른다는 불안감은 그를 초조함 속으로 빠뜨리기에 충분했다.

그럼에도 일요일이 오기를 학수고대했다.

그녀의 아름다운 모습을 볼 수만 있다면 얼마든지 그 불안감을 견뎌낼 자신이 있었다.

느리게만 흘러가던 시간이 지나고 약속한 일요일이 다가왔다.

씻고 바르고 광내봤자 달라질 게 없었지만 나름대로 최대한 멋지게 보이고 싶어 아침부터 수십 번도 넘게 거울을 바라봤다.

수없이 반복하던 것처럼 아침 일찍 도서관에 나왔으나 글자가 눈에 들어오지 않으니 자꾸 바깥으로 나올 수밖에 없었다.

두 시간여 남은 시간이 마치 영원처럼 길게 느껴져 박강호는 잠시도 가만있지 못했다.

1년 동안 붙어 다니며 같이 공부하던 민병호가 슬그머니 다가온 것은 30분도 채 못 버티고 또다시 책상에서 일어나 바깥으로 나올 때였다.

"강호야, 너 괜찮겠어?"

"뭐가?"

"1주일 내내 똥 마려운 강아지처럼 왔다 갔다 했잖아. 오늘은 말할 것도 없고. 앞으로 학력고사가 5개월밖에 남지 않았는데 그동안 고생한 거 다 날려 버릴 생각이냐?"

"걱정하지 마. 내가 알아서 할 테니까."

"여자는 대학에 가면 쌔고 쌨어. 나는 네가 오늘 나가지 않았으면 좋겠다."

"약속했는데 어떻게 안 나가. 가서 밥만 먹고 바로 들어올 거야."

"다시 도서관에 온다고?"

"그래."

"오지 마라. 어차피 와도 공부는 안될 거야. 지금 생각해 보면 내가 한 말 때문에 네가 그렇게 된 것 같아 미안해. 그때 모른 척 넘어가야 했는데……."

민병호가 말을 흐리며 얼굴을 돌렸다.

그는 박강호가 1주일 내내 공부에 집중하지 못하고 안절부절못하는 게 자신 때문이라고 여기는 것 같았다.

1년 동안 박강호가 어떤 노력을 했는지 가장 잘 아는 사람이 바로 그였다.

공부를 가르쳐 달라며 박강호는 그의 곁에서 한시도 떨어지지 않았기 때문에 그들은 누구보다 많은 시간을 함께했다.

박강호는 뒤떨어진 공부를 따라잡기 위해 밥 먹는 시간은 물론이고 화장실에서도 책을 놓지 않았는데 그런 놈이 자신이 무심코 던진 한마디로 인해 여자에 빠져 벌써 1주일째 공부를 하지 못하고 있으니 민병호는 미안함과 후회로 인해 말을 제대로 잇지 못했다.

벌써 같은 이야기를 열 번도 넘게 한 민병호는 박강호가 자신의 말을 받아들이지 않자 무거운 한숨을 연거푸 내리쉬며 안타까움을 숨기지 못했다.

민병호의 말을 들은 박강호의 얼굴도 슬며시 굳어졌다.

자신의 책임이라는 그의 말은 전혀 말도 안 되는 이야기였지만 웃음을 흘릴 수가 없었다.

마음속 깊은 곳에서 꿈틀대는 불안감이 그 말을 부정하지 못하게 했기 때문이다.

맞다.

민병호가 그녀를 예쁘다고 말하지만 않았어도 그날 그녀를 따라가는 일은 생기지 않았을 것이고, 오늘도 평상시처럼 공부에 미쳐 있었을 게 분명했다.

다시 돌아와도 공부를 하지 못할 거란 말도 이해가 되었다.

1주일 동안 그리워하던 얼굴을 보고 나서 아무 일도 없던 것처럼 공부를 할 수만 있다면 그동안의 불안감과 초조함은 없었을 테니 말이다.

하지만 일은 이미 벌어졌고, 그는 그녀가 보고 싶어 미칠 지경이었다.

여고 앞에 도착한 박강호는 손목을 들어 시계를 바라보았다.

오늘은 그날과 달리 화창한 날씨였지만 막바지 더위가 기승을 부려 가만히 있어도 땀이 흐를 정도로 더웠다.

시계가 12시를 가리키자 박강호의 눈이 자연스럽게 도로로 향했다.

예전 그녀와 함께 걸어온 길은 좌측이었기 때문에 그의 눈길도 그쪽을 향했는데 김소현은 거짓말처럼 뒤에서 나타났다.

아마도 그녀는 미리 학교에 와서 그가 오기를 기다리고 있던 모양이다.

눈부시게 예쁜 얼굴.

그가 그토록 보고 싶던 그녀의 얼굴은 마치 밝은 햇살처럼 그의 눈을 눈부시게 만들며 살며시 다가왔다.

"오빠, 나 기다리는 거 맞죠?"

"아, 소현아."

"그동안 잘 있었어요?"

"응, 너도 잘 있었니?"

"그럼요."

대답하는 김소현의 눈이 사르르 내려갔다.

부끄러움.

아직도 그녀는 부끄러움으로 박강호의 눈을 제대로 바라보지 못했다.

마지막에 다시 이곳에서 만나자고 한 그녀의 말은 아마 커다란 용기를 내서 어렵게 꺼낸 게 분명했다.

이처럼 부끄러움으로 얼굴을 붉히는 걸 보면 말이다.

그랬기에 박강호는 그녀가 어색해하지 않도록 서둘러 말을 이어나갔다.

그 역시 여자를 사귀어본 경험은 없었으나 본능적으로 이럴 때는 남자가 리드해야 된다는 걸 직감하고 있었다.

"소현아, 아직 밥 안 먹었지?"

"네."

"그럼 우리 분식집에 갈까?"

첫 데이트 장소로는 어울리지 않는다.

하지만 더 좋은 곳으로 가기에는 그의 주머니 사정이 여의치 못했다.

말하면서도 소현이 싫은 표정을 지을 수도 있다는 생각에 심장이 오그라들었지만 돈이 없으면서 좋은 곳에 가자고 큰

소리치는 건 하고 싶지 않았다.

잠시 기다리자 다행스럽게도 김소현의 얼굴에 웃음이 맺혔다.

그녀에게는 장소가 그리 중요한 게 아닌 모양이다.

"나, 떡라면 좋아해요."

"그러니? 다행이다."

좋아하는 사람들은 같이 있는 것만으로도 웃음이 함께하고 설렘과 기쁨으로 시간을 잊는다고 하던데 두 사람의 첫 데이트가 그랬다.

처음에는 부끄러움으로 제대로 말조차 못 하던 김소현은 점심을 먹고 공원으로 나가 함께 걸으면서 어색함이 없어지자 언제 그랬냐는 듯 박강호에게 시선을 고정시킨 채 수많은 이야기를 했다.

그녀는 박강호가 처음부터 마음에 들었다며 또다시 얼굴을 붉혔다.

큰 키에 착해 보이는 얼굴에 지은 어색한 미소가 너무나 눈부셔 정신을 차릴 수 없었다고 말했다.

그러고는 오늘을 많이 기다렸다고 했다.

오빠의 얼굴을 본다는 생각에 잠도 자지 못했다는 말을 할 때는 양 손가락을 깍지 낀 채 고개조차 들지 못했다.

순진하고 착하기만 한 줄 알았는데 그녀는 자신의 감정을 솔직하게 말하는 용기가 있었다.

김소현의 고백에 박강호도 자신의 마음을 숨기지 않았다.

그도 그녀처럼 오늘을 기다렸고, 그녀를 보고 싶었다는 사실을 담담하게 말하며 오랫동안 그녀를 바라보았다.

맑게 웃는다.

배시시 웃는 그녀의 모습은 두 번밖에 보지 않았는데도 마치 일 년을 사귄 사람처럼 익숙하고 사랑스러웠다.

사람이 사람을 좋아한다는 것은 상상조차 하지 못할 정도로 기쁜 일이었다.

그녀를 기다리던 일주일은 일 년과 같더니 그녀와 함께한 하루는 마치 찰나처럼 여겨질 정도로 빠르게 흘러갔다.

밥만 먹고 돌아가겠다는 민병호와의 약속은 깨진 지 오래였고, 벌써 땅거미가 어둑하게 내려앉으며 석양이 아름답게 하늘을 장식하는 중이다.

둘은 공원에서 나와 천천히 걸어 집으로 향했다.

마음 같아서는 언제까지나 같이 있고 싶었지만 그녀는 저녁이 다 되어가자 돌아가야 한다는 말로 이별의 순간이 왔음을 알려주었다.

김소현이 불쑥 전혀 예상치 못한 이야기를 꺼낸 것은 그녀의 집 앞에 가까워졌을 때다.

"오빠, 나… 사실은 오빠가 그렇게 유명한 사람인 줄 몰랐어요."

"뭘?"

"오빠 싸움 엄청 잘한다면서요?"

"그건 한때……."

"그리고 지금은 무섭게 공부한다고 들었어요."

"…맞아."

"친구들이 오빠 이야기를 하자 깜짝 놀라며 학생들 사이에서는 거의 영웅이라고 했어요. 폭력서클 짱에서 모범생으로 둔갑했는데 공부도 무척 잘한다고 하던데요."

"잘하지는 못해. 그저 열심히 하고 있는 중이야."

"오빠 대학 갈 거죠?"

"응, 가야지."

"그럼 나랑 사귀면 안 되잖아요. 학력고사 얼마 안 남았는데 여자 친구 사귈 수 있어요?"

집으로 돌아오는 길에 자꾸 자신의 얼굴을 쳐다보며 망설이던 것이 이 이야기를 하고 싶어서였던 모양이다.

그럼에도 이해가 되지 않았다.

그녀가 한 질문은 이제 막 사귀기 위해 데이트를 한 사이에서는 절대 나오면 안 되는 질문이었기 때문이다.

그랬기에 박강호는 아무런 말도 못 하고 멍하니 그녀를 바라만 보았다.

김소현의 얼굴에는 이미 웃음이 사라졌고, 대신 어두운 그늘이 내려앉아 있었다.

무엇 때문일까.

막상 그녀의 얼굴에 그늘이 지자 가슴이 싸해지며 불안감이 찾아왔다.

"나는 엄마 없이 아빠하고 살아요. 엄마는 내가 어릴 때 돌아가셨기 때문에 우리 가족은 아빠와 나 둘뿐이에요."

"……."

"오빠를 처음 만나던 날 무척 설레서 잠도 제대로 잘 수 없었어요. 하지만 며칠이 지나서 오빠의 이야기를 들은 후에는 고민이 시작됐어요. 그렇게 커다란 결심이 나 때문에 흔들리는 건 원하지 않거든요."

"소현아, 너 때문에 힘들어지는 일은 없을 거야."

박강호는 머리를 흔들어 부정했지만 김소현 역시 머리를 좌우로 저었다.

그의 부정만큼 그녀의 확신은 큰 것 같았다.

"아뇨. 지금 벌써 힘들어하고 있잖아요. 나만 아니었다면 오빠는 도서관에 있겠죠. 오빠가 지금 도서관에 없다는 게 힘들어지고 있다는 증거예요. 그래서 나는… 고민 끝에 아빠에게 이런 상황을 이야기했어요. 아빠는 나에게 현명한 해답을 알려줄 거라 생각했거든요."

"우리 이야기를 아빠에게 했다고?"

"그래요. 아빠와 나는 웬만한 비밀은 전부 공유할 정도로 가까워요. 엄마 없이 아빠가 나를 키웠기 때문에 그렇게 된 것 같아요. 오빠 이야기를 하자 아빠는 깜짝 놀랐어요. 아빠는 오빠를 잘 알고 있더라고요."

"어떻게 나를⋯⋯."

박강호가 의문에 젖은 눈으로 바라보자 김소현의 얼굴에서 또다시 맑은 웃음이 떠올랐다.

그녀의 웃음은 정말 백만 불짜리였다.

그저 웃은 것만으로도 사람의 마음을 흔들 수 있으니 그녀의 웃음은 신이 주신 축복이 분명했다.

"아마 오빠도 우리 아빠를 알 거예요. 우리 아빠가 중학교 때 오빠를 가르쳤다고 했으니까요. 우리 아빠 이름이 김환철 선생님이에요."

"아⋯⋯!"

너무 놀라 자신도 모르게 헛바람이 새어 나왔다.

김환철 선생은 박강호가 2학년 때 국어를 가르쳤는데 워낙 고지식해서 학생들에게 인기는 없었지만 유독 자신에게는 칭찬을 많이 해주신 분이다.

그럼에도 이해가 되지 않는 점이 두 가지가 있다.

벌써 5년 전 일인데 김환철 선생님이 자신을 기억하고 있다는 사실이 이해되지 않았고, 그렇게 작고 못생긴 분한테서 천사처럼 예쁜 소현이가 태어났다는 게 믿어지지 않았다.

"아빠는 나한테 오빠가 좋으냐고 물었어요. 그래서 그렇다고 했더니 한참을 고민한 후에 이렇게 말씀하셨어요."

"어떤?"

"오빠를 만나지 말래요. 좋아하는 사람을 불행에 빠지게 만드는 건 절대 해서는 안 되는 일이라고 했어요. 오빤 지금 너무나 중요한 시기라 내가 오빠를 만나면 힘들게 될 거라고 했어요."

그때서야 소현이의 생각이 김환철 선생님으로부터 나온 것이란 걸 알았다.

아직 어린 소현이가 그렇게 깊은 생각을 하고 있다는 것이 이해되지 않았는데 이제야 모든 것이 명확해졌다.

그녀의 말이 틀리다고 말할 수가 없었다.

그도 그녀도 알고 있는 내용이고 민병호를 포함한 모든 사람이 그렇게 될 거라 확신하고 있으니까.

김소현의 입이 다시 열린 것은 잠시의 어색한 침묵이 흐르고 난 후였다.

"어쩔래요?"

"뭘 말이니?"

"나 나쁜 사람 만들지 않을 거죠?"

"사귀지 않겠다는 소리로 들리네?"

"맞아요. 오빠, 난 오빠한테 전화번호 주지 않을 거예요. 그리고 찾아와도 만나지 않을 거구요."

그래서 전화번호를 달라는 말에 그저 웃기만 한 모양이다.

그렇다면 오늘 보여준 그녀의 환한 웃음은 무엇일까.

그녀의 즐거움과 웃음은 절대 그냥 만들어진 것이 아니었다.

"그럼 오늘은 왜 나온 거니?"

"처음이자 마지막 데이트. 오빠와 다시 만나고 싶어서 아빠와 약속했어요. 절대 더 이상 만나지 않는다는 조건으로 한 번만 만나겠다고."

정말 기가 막혀 말이 나오지 않았다.

도대체 이 상황을 어떻게 해결해야 될지 눈앞이 컴컴해졌다.

하루 동안 그녀와 함께 있으면서 태어나 가장 행복한 시간을 보낼 수 있었다.

찢어지게 그를 괴롭힌 가난 속에서도 불행하다고 생각하며 살아오지 않았지만 오늘처럼 하늘을 날아갈 것 같은 행복은 처음 느껴보는 것이었다.

그런데 그녀는 더 이상 만나지 않겠다고 선언하고 있다.

"그렇게는 안 돼. 소현아, 나 너를 만나면서도 열심히 공부할 거야. 그래서 꼭 원하는 대학에 갈 거니까 그런 소리 하지 마. 우린 잘해낼 수 있을 거야."

"아니, 그렇게 하지 않을래요. 다시 말하지만 난 오빠가 잘되기를 바라요. 그러니까 오빠는 정말 열심히 공부해서 대학교에 꼭 가세요. 그래서 나중에 나도 대학에 갔을 때 다시 만나요."

"소현아!"

"오빠, 잘 가요. 안녕."

어떻게 집에 돌아왔는지 모른다.

천국을 거니는 것처럼 즐거웠던 하루가 지옥으로 변하는데는 불과 5분이면 족했다.

그녀의 집에서 파란 대문이 있는 집까지 돌아오는 5분 동안 박강호의 마음은 분노와 좌절, 그리고 슬픔 등에 휩싸여 어둠 속을 헤맸다.

"밥은 먹었니?"

박강호는 어머니의 물음에 대답하지 않고 방으로 들어가 나오지 않았다.

막내아들의 이상한 행동을 보고서도 어머니가 더 이상 추궁하지 않은 것은 그를 그만큼 많이 믿기 때문일 것이다.

하지만 안다.

정상적이 삶에서 벗어나 아들이 오랫동안 방황하던 시간은 너무나 지독했기에 어머니는 말을 하지 않았을 뿐 한 소쿠리의 걱정을 가슴에 매달고 무슨 일이 생기지 않기를 바라고 계신다는 것을.

그날 밤.

박강호는 뜬눈으로 수많은 생각을 한 끝에 도저히 그녀를 그냥 보낼 수 없다는 결론을 내렸다.

이대로 그녀를 보내면 다시는 보지 못할 수도 있다는 불안감이 그를 그렇게 하도록 만들었다.

그의 첫사랑은 너무나 뜨거웠고 아름다워 포기하고 싶지 않았다.

여름방학은 이제 일주일 남았을 뿐이지만 박강호에게는 괴로운 시간의 연속이었다.

전화번호를 모르고 헤어졌기 때문에 연락할 방법이 없었고 방학 기간이었으니 김소현을 만나기 위해서는 그저 집 앞에서 무작정 기다리는 방법밖에 없었다.

도서관에 앉아 있다가도 귀신에 홀린 사람처럼 그녀의 집으로 향했다.

그녀를 한 번만 더 만날 수만 있다면 언제까지라도 기다릴 수 있을 것 같았다.

하지만 한없는 기다림의 시간은 점점 그를 지치게 만들었고, 점점 고통을 키워 그의 영혼을 갉아먹기 시작했다.

우연한 만남을 기대했으나 그에게는 그런 기회가 찾아오지 않았다.

시간은 흘렀고, 여름방학이 끝나가는 마지막 날 저녁.

박강호는 기어코 그녀의 집 앞으로 다가가 초인종을 눌렀다.

이대로 아무런 결과 없이 새 학기를 맞고 싶지 않았다. 어떤 결과가 나오든 명확하게 모든 것을 정리하고 싶었다.

딩동딩동.

초조한 기다림.

얼마의 시간이 지났을까, 안에서 인기척이 들리더니 거짓말처럼 사람이 나타났다.

그러나 나타난 사람은 그가 간절히 기다린 소현이 아니라 김환철 선생이었다.

"들어올 테냐?"

"선생님, 저는… 소현이를 만나고 싶습니다."

"소현이는 만나지 못한다."

"…선생님, 소현이가 보고 싶습니다. 만나게 해주세요."

"네가 우리 시를 통틀어 싸움을 가장 잘한다는 소리를 들었다. 블랙서클에 가입해서 짱이 되었다는 이야기를 들었을 때 너는 내가 얼마나 놀랐는지 모를 거다."

"선생님, 지금은 정신 차리고 열심히 공부하고 있습니다."

"그래서 안 된다는 거다. 그런 세계에서 빠져나온 건 그만큼 너의 결심이 확고하기 때문에 가능했을 거다. 어떤 계기가 있었겠지만 나는 네가 공부에 미쳤다는 소리를 들었을 때 박수까지 치며 반가워했다. 그런 네가 여자 문제로 가장 중요한 시기에 방황한다는 게 말이 된다고 생각하느냐."

"공부에 방해되지 않도록 잘하겠습니다."

"네가 우리 집 앞을 서성거린 게 벌써 일주일이 지났다. 우리 소현이를 만난 것이 보름 전이니까 너는 그동안 공부를 손에서 놓았겠구나. 내 말 부정할 수 있겠니?"

"그건⋯⋯."

"두말하지 않을 테니 그만 돌아가거라. 학력고사가 불과 넉 달 앞으로 다가왔는데 여자를 사귄다는 건 미친 짓이다. 일단 대학에 합격해. 그리고 우리 소현이도 대학에 들어갔을 때 사귄다면 그땐 반대하지 않겠다."

비틀거리며 집으로 돌아왔다.

그리고 방에 틀어박혀 꼬박 하루 동안 움직이지 않았다.

열병.

그래, 열병이었다.

한여름 날의 뜨거운 태양 속에서 발가벗고 서 있는 것처럼 온몸은 타들어갔고, 그 속에서 정신은 슬픔으로 가득 찼다.

첫사랑의 환희는 그렇게 우연히 찾아왔다가 지독한 상처만을 남기고 사라져 갔다.

박강호가 정신을 차리고 다시 마음을 다잡은 것은 그로부터 이틀 후였다.

반드시 대학에 합격하겠다고 다짐했다.

누구나 인정하는 대학에 들어가 멋진 모습으로 돌아올 테다.

그래서 못다 한 그녀와의 첫사랑을 반드시 이루고 싶었다.

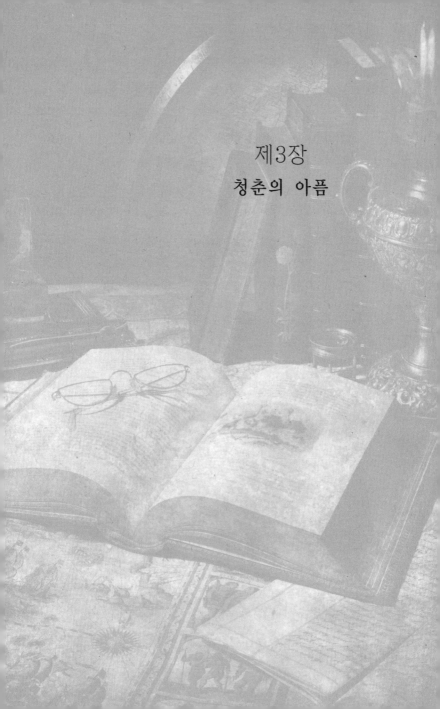

제3장
청춘의 아픔

　고3의 시간은 총알보다 빠르다고 하더니 정말 무시무시한 속도로 지나갔다.

　열병에서 벗어나 다시 공부를 시작한 게 어제 같은데 학력고사는 당장 내일로 다가와 전국을 긴장 속으로 몰아넣고 있었다.

　텔레비전에서는 수많은 어머니가 성당과 사찰을 찾아 자식을 위해 합격을 기도하는 장면이 나왔고, 정부에서는 수험생들을 위해 특별수송대책을 마련했다는 뉴스가 방송되고 있었다.

박강호의 가족들은 저녁상에 둘러앉아 그 뉴스를 바라보며 조용히 밥을 먹었다.

6남매 중 저녁상에 앉은 것은 셋뿐이었다.

큰형과 큰누나는 결혼해서 분가해 나갔고, 둘째 형은 직업 군인이 되어 최전방에 가 있기 때문에 밥상에 둘러앉은 것은 부모님과 누나 둘뿐이었다.

누나들의 나이는 스물네 살과 스물두 살에 불과했지만 작은 회사에 경리로 취직해 일하는데 입에 겨우 풀칠할 정도로 월급이 적었다.

그럼에도 악착같이 다녔다.

어떡하든 조금이라도 벌어서 아버지의 짐을 나눠야 한다는 생각에 아직 어린 나이임에도 누나들은 새벽부터 일어나 회사에 나갔다.

분명히 수험생이 같이 앉아 밥을 먹고 있음에도 밥상 분위기는 차분하게 가라앉아 있었다.

가족들이 학력고사 뉴스에 관심을 보이지 않는 것은 그것이 자신들과 별개의 일이라 생각하기 때문일 것이다.

대학을 가기 위해서는 치열한 경쟁을 뚫어야 하고 박강호는 어떠한 지원도 받지 못했으니 가족들은 그가 대학에 갈 수 있을 거라 생각하지 않았다.

누나들의 판단은 어쩌면 당연한 것이었다.

찢어지게 가난한 집안.

과외는 물론이고 학원 문턱조차 밟아보지 않았으니 아무리 열심히 한다 해도 좋은 성적을 얻는다는 것은 무척 어려운 일이었다.

좋은 대학에 합격한다면 모를까, 시험 성적이 어중간해서 삼류 지방대학에 합격한다면 어차피 대학은 포기할 수밖에 없다.

그럼에도 가족들은 박강호가 미친 듯이 공부하는 것을 말리지 않았다.

거의 2년이 다 되도록 싸움질을 하며 온갖 말썽을 부리던 박강호가 그저 조용하게 지내주는 것만으로도 다행스럽다고 생각하기 때문이었다.

박강호는 밥상을 물리고 방에 들어가 눈앞에 들어온 참고서들을 멍하니 바라봤다.

얼마나 많이 봤는지 참고서들은 손때가 묻어 너덜너덜했다.

자신도 알고 있다.

부유한 환경에서 좋은 선생들에게 배운 놈들과 경쟁한다는 게 얼마나 어려운 일인지.

하지만 미련도 후회도 남지 않았다.

최선을 다했기 때문에 그저 운명에 맡기고 기다릴 생각이
다.

방문이 노크 소리와 함께 스르륵 조심스럽게 열린 것은 저
녁상을 물리고 책상에 앉아 있을 때였다.

문을 열고 들어온 것은 둘째 누나였다.

둘째 누나는 주춤거리며 다가왔는데 손에 뭔가를 꼭 쥐고
있다.

"누나, 무슨 일이야?"

"저기… 강호야, 내일 시험 끝나면 친구들하고 맛있는 거 사
먹어."

부끄럽게 내밀어진 손. 그 손에 들어 있는 건 조심스럽게 접
힌 지폐였다.

작은 월급을 쪼개고 쪼갰다 남은 돈으로 용돈을 쓰는 누나
는 화장품 살 돈이 없어서 사은품으로 나오는 일회용 화장품
을 책상에 가득 채워놓고 있었다.

받지 않으려 했다.

아무리 염치가 없어도 누나가 내민 돈을 선뜻 받을 수가 없
었다.

"나 돈 없어도 돼."

"팔 아프니까 얼른 받아. 그리고 내일 시험 잘 보고."

수많은 플래카드.

반드시 대학에 합격해서 모교의 명예를 빛내달라는 격문이 화려하게 걸렸고, 수많은 부모들이 자식의 건투를 빌며 몰려들어 고사장은 마치 전쟁터를 보는 것 같았다.

그 속을 박강호는 묵묵히 걸어 들어갔다.

혼자 왔고 혼자 싸운다.

그리고 반드시 이긴다는 각오를 되새기며 이를 악문 채 고사장으로 향했다.

배정된 교실에 들어가 눈을 감은 채 한참을 기다리고 있자 감독관이 들어와 각종 주의 사항을 늘어놨고, 곧이어 시험이 시작되었다.

똥통학교 마천공고 출신.

대학 입시에 필요한 영어, 수학, 국어가 전공과목의 반밖에 배정되지 않을 만큼 적었고, 선생들의 수준 또한 인문계 고교의 베테랑들에 비해 현저하게 떨어졌다.

더군다나 학원도 다니지 않고 독학했으니 아무리 무섭게 공부했어도 모르는 문제가 속출할 수밖에 없었다.

그럼에도 박강호는 거침없이 문제를 풀어나갔다.

모르는 것에 연연하지 않고 아는 것에 집중하며 한 문제 한 문제 온 정성을 기울였다.

그리고 마지막 순간까지 고민하다 모르는 문제는 범위를 압축시켜 가장 가능성이 있는 답안에 동그라미를 쳤다.

무서운 집중.

남들은 긴장하면 집중력이 흐트러진다고 하지만 박강호는 무서운 집중력을 보이며 시험지에서 잠시도 눈을 떼지 않았다.

시간은 쉴 새 없이 흘렀고, 마지막 교시의 답안지까지 제출하고 나서야 박강호는 참고 있던 한숨을 길게 내쉬며 눈을 감았다.

이제 끝났다.

일 년 반 동안 미친 듯이 달려온 여정이 끝나는 순간이었다.

"잘 봤냐?"

"그냥저냥. 내일 정답지 나오면 얼마나 맞았는지 알겠지."

"잘 본 얼굴이네."

박강호가 느긋한 얼굴로 대답하자 민병호가 기쁜 표정을 숨기지 못했다.

그는 집안 형편 때문에 공고로 진학했지만 점차 형편이 좋아지면서 유명 학원에 다녔고, 마지막 3개월간은 집중 과외까지 받았기 때문에 박강호에 비한다면 좋은 환경에서 공부할 수 있었다.

그랬기에 만날 때마다 미안해했는데, 막상 시험이 끝난 후 박강호의 얼굴에 편안해 보이자 오히려 제 일처럼 반가워했다.

얼굴이 편하다는 것은 예상보다 시험을 잘 봤다는 것을 의미하기 때문이다.

시험이 끝나자 억눌려 있던 청춘들이 한꺼번에 거리로 쏟아져 나왔다.

부모들은 같이 저녁을 먹고 싶어 했으나 청춘들은 그러한 제안을 받아들이지 않았다.

그동안 공부하면서 쌓인 스트레스를 부모보다는 친구들과 함께 풀고 싶었기 때문이다.

겨울의 밤은 어둠이 빨리 찾아왔기 때문에 저녁을 먹고 나자 온 시내가 네온사인으로 화려하게 빛나기 시작했다.

박강호와 민병호 역시 그 사이에 파묻혔다.

그들도 청춘이었고, 시험이 끝난 오늘만큼은 마음껏 자유를 만끽하고 싶었으니 주저 없이 사람들 속에 파묻혔다.

저녁을 먹고 난 박강호와 민병호가 당구장을 찾은 것은 7시가 조금 넘어서였다.

민병호가 당구를 가르쳐 달라고 했기 때문인데, 박강호는 블랙서클에 가담해서 방황할 때 뛰어난 운동감각으로 1년 만에 300을 찍었을 만큼 고수였다.

당구장 역시 시험을 끝낸 고3들로 가득 차 있었다.

평상시라면 보이지 않을 여학생들까지 꽤 있었지만 한눈에
봐도 날라리들은 아니었다.

오늘은 그런 날이었다.

밤새도록 공부에 매달려 살아오던 청춘들이 자유를 만끽하
기 위해 길거리로 쏟아져 나왔기 때문에 그런 모습들이 전혀
어색해 보이지 않았다.

거의 30분이 지나고 주인이 자리를 마련해 준 건 제일 구석
진 곳의 당구대였다.

천천히 당구대로 다가가자 사람들의 시선이 둘을 향해 한
꺼번에 몰렸다.

옆자리에서는 남학생 셋과 여학생이 셋이 당구를 치는 중
이었는데 C시에서 가장 우수한 학생들이 다닌다는 제일고와
선화고 교복을 입고 있었다.

단정한 복장, 그리고 산뜻한 외모.

박강호의 눈길을 잡아끈 것은 그중에서도 가운데 있는 여
학생이었다.

그녀 역시 다가오는 박강호를 바라보고 있었는데 눈이 마
주치자 얼른 외면하며 딴청을 피웠다.

남학생들은 더했다.

다가온 둘이 C시에서 가장 악명 높은 마천공고 교복을 입고 있었기 때문에 혹시 시비라도 벌어질까 봐 남학생들은 시선을 피하며 다시는 이쪽을 바라보지 않았다.

왜 그러는지 알면서도 박강호와 민병호는 당구에 열중했다.

자격지심으로 시비를 벌이기에는 둘의 정신이 꽤나 성장한 상태였고, 오늘은 어떤 것이라도 참고 넘길 만큼 즐거운 날이었다.

그러나 문제는 그들에게서가 아니라 엉뚱한 놈들로 인해 벌어졌다.

당구장 문이 열리면서 일곱 놈이 들어섰는데 빈자리가 없자 놈들은 곧장 박강호가 있는 쪽으로 다가왔다.

"비켜, 씨발놈아!"

다가오면서 놈들은 걸리적거리는 학생들을 향해 거침없이 핏대를 올렸다.

파란 줄무늬 교복.

C시에서 마천공고에 이어 악명 높기로 유명한 북일상고 놈들이었다.

박강호는 다가오는 놈들을 힐끗 바라보며 인상을 긁다가 슬쩍 몸을 돌렸다.

가급적 시비를 벌이기 싫어서였다.

새롭게 태어나 새로운 인간으로 살겠다고 결심했으니 웬만

한 일은 참고 넘길 생각이다.

다행스럽게 놈들의 목표는 강호가 아니라 옆쪽에서 즐겁게 당구를 치고 있던 범생이 무리였다.

"어이, 존만이들. 깔따구 끼고 노니까 재미 좋냐? 실컷 놀았으면 이제 그만 가라."

"우리도 방금 왔는데……."

"이 새끼가 가라면 가지 뭔 말이 그렇게 많아? 죽고 싶어?"

겨울인데도 팔소매를 걷은 놈이 이를 드러내며 음성을 깔았다.

협박을 많이 해본 솜씨.

분명 놈은 학교와 거리에서 수많은 학생들을 괴롭히며 살아왔을 것이다.

놈은 머리를 노란색으로 염색하고 있었는데 교복만 입지 않았다면 학생으로 보기 어려울 만큼 엉망이었다.

노랑머리가 독사 같은 눈을 한 채 다가가자 범생이의 전형처럼 말끔하게 교복을 입은 제일고의 학생들이 주춤거리며 뒤로 물러났다.

공부만 해봤지 싸움은 전혀 해본 적 없는 전형적인 모범생의 모습이다.

만약 박강호였다면 이런 상황에서 절대 뒤로 물러서지 않았을 것이다.

기세에 밀리는 순간 모든 것이 끝나기 때문이다.

하지만 남학생들은 노랑머리가 거침없이 다가가 손을 치켜 올리자 반항할 엄두조차 못 내고 눈을 질끈 감은 채 처분만 을 기다렸다.

한심한 노릇이었으나 그들로서는 다른 방법이 없었을 것이 다.

안전한 울타리 안에서 아무런 어려움 없이 살아온 초식동 물은 막상 맹수와 마주치면 고개조차 들지 못하는 법이니까.

박강호는 무심한 눈으로 놈들이 하는 짓을 흘리듯 지켜보 며 큐대에 초크 칠을 한 후 당구대에 앉았다.

구석에 몰려 있는 빨간 공들이 일자로 붙어 있었기 때문에 맛세이밖에는 다른 방법이 없었다.

맛세이란 위에서 공을 내리찍음으로써 강력한 회전을 걸어 일자로 바짝 붙어 있는 공을 맞추는 기술을 말한다.

사람들이 일본어로 오해하는 경우가 많지만 맛세이의 어원 은 처음으로 이 기술을 쓴 프랑스 선수의 이름을 딴 것이다.

최소 당구 실력이 300은 되어야 구사할 수 있는 고급 기술 로 하수가 구사하면 당구대를 훼손하는 경우가 많기 때문에 당구장에서는 하수가 맛세이를 찍지 못하도록 경고문을 붙여 놓는 경우가 많았다.

파악!

박강호가 하얀 공의 왼쪽 15도 지점을 강력하게 찍자 공이 잠시 멈칫하더니 마술처럼 회전하면서 빨간 공들 사이로 파고들었다.

거의 90도로 꺾이는 훌륭한 맛세이였다.

옆쪽 테이블 쪽에서 시비가 벌어지고 있음에도 민병호가 감탄을 터뜨린 것은 그만큼 박강호의 맛세이가 훌륭했기 때문이다.

"굿!"

자신도 모르게 감탄사를 터뜨린 민병호의 목소리에 노랑머리 뒤쪽에 서 있던 놈들의 시선이 한꺼번에 이쪽으로 몰렸다.

민병호는 놈들의 시선에 움찔했으나 박강호는 아무 일도 없다는 듯 치기 좋게 몰린 공들을 교묘한 컨트롤로 다루며 그때부터 열 개를 연속으로 쳤다.

그러고도 공은 구석에서 벗어나지 않고 방긋방긋 웃으며 박강호의 다음 움직임을 기다리고 있었다.

이대로라면 점수는 계속 올라갈 수밖에 없었다.

탄성 소리에 자신도 모르게 시선을 돌린 놈들의 눈이 박강호의 움직임을 따라다녔다.

고교생이 이 정도의 실력을 보인다는 것은 극히 드문 일이었는데 놈들 중에서 가장 당구를 잘 친다는 노랑머리조차 다섯 개 정도가 한계였기 때문에 놈들은 시비 중임에도 불구하고 시선을 이쪽에서 떼지 못했다.

여학생의 비명 소리가 새어 나온 것은 그로부터 다섯 개를 더 성공시킨 박강호가 자리를 옮겨 새로운 공을 치려 할 때였다.

비명은 당구장에 들어왔을 때 시선을 끈 예쁜 여학생의 입에서 흘러나온 것이었는데 그 옆에는 껌을 질겅질겅 씹던 파마머리 놈이 서 있었다.

노랑머리가 남학생들을 위협할 동안 옆쪽에 늘어서서 구경하던 놈이 어느새 그녀의 예쁜 모습에 홀린 듯 다가가 머리를 훑은 것이다.

놈은 여학생이 벌레가 묻은 듯 몸을 움츠리며 얼굴을 감싸는데도 계속해서 그녀를 위협했다.

"어이, 씨발! 내가 죽인다고 했어? 왜 비명을 지르고 지랄이야?"

"왜 이러세요!"

"왜 그러긴, 예뻐서 그러지."

"자꾸 이러면 경찰에 신고할 거예요."

"신고 같은 소리 하고 자빠졌네. 오랜만에 예쁜 얼굴 봐서 기분 좋아졌는데 완전 초치고 있어. 가만있어 봐. 오빠가 예뻐해 줄 테니까."

"우리가 당구대 양보할게요! 그러니까 그만 괴롭혀요!"

앉아서 놈을 올려다보던 여학생이 어디서 용기가 났는지 벌떡 자리에서 일어나며 소리쳤다.

하지만 파마머리는 그녀의 어깨를 찍어 눌러 다시 자리에 앉혔는데 얼굴에는 징그러운 미소가 매달려 있었다.

"화를 내니까 더 예쁘네. 난 당구 안 쳐도 돼. 너 같은 여자를 만났는데 당구가 문제겠어? 나 보기보다 괜찮은 놈이야. 우리 사귀어보는 건 어떠냐?"

"싫어!"

"싫어?"

"미친놈아, 공공장소에서 여자를 희롱하면 어떻게 되는지 몰라? 너 정말 콩밥 먹어볼래?"

"이년이 맛있게 생겨서 봐줬더니 바락바락 기어오르네?"

"악!!"

박강호의 몸이 멈춘 것은 여학생의 비명 소리가 흘러나옴과 동시에 벌어진 일이었다.

파마머리는 여학생의 뺨을 연속으로 때렸는데 거의 미친놈처럼 보였다.

"손 떼, 이 새끼야!"

"이 씨발놈이! 너 뭐라고 그랬어?"

여학생을 때리던 놈이 박강호의 고함 소리에 머리를 치켜들

더니 눈에 흰자위를 내보였다.

그러고는 천천히 몸을 바로 세우고 당구대를 건너 이쪽으로 다가왔다.

건너오는 놈의 손에는 어느새 제일고 학생 손에 있던 큐대가 쥐어져 있었다.

노랑머리가 놈들의 우두머리가 아닌 모양이다.

파마머리가 큐대를 들고 이쪽 테이블로 다가오자 한쪽에 몰려 있던 놈들이 그의 뒤쪽으로 반원형을 형성했는데 아주 자연스럽게 포위하는 모습이었다.

많이 해본 행동들.

초식동물들을 잡아먹을 때 늘 하던 짓들인지 어느새 놈들은 퇴로를 차단하고 있었다.

"내가 나이가 드니까 귀가 잘 안 들린다. 다시 말해봐. 뭐라고 그랬지?"

큐대를 칼처럼 든 채 다가온 파마머리가 박강호를 향해 이죽거렸다.

워낙 커다란 당구장이었고 이쪽은 거의 구석 자리였기 때문에 아직도 주인은 시비가 벌어진 것을 모르고 있는 것 같았다.

그것이 파마머리의 행동을 거침없게 만들었다.

놈은 큐대로 박강호의 가슴을 쿡쿡 찌르면서 도발했는데,

마치 다 잡은 먹잇감을 노리는 맹수의 모습과 비슷했다.

박강호의 입이 열린 것은 가슴을 찌르던 큐대가 수직으로 내려갈 때였다.

"이 새끼가 완전히 조폭처럼 행동하는군. 못 알아 처먹었다면 다시 말해주지. 손 떼라고 했다."

"크크크, 죽고 싶어 환장했냐, 이 씨발놈아!"

파마머리가 수직으로 세우고 있던 큐대를 다시 들어 올리며 소리쳤다.

열 받은 상태에서 그대로 큐대를 내려치려는 것 같았다.

하지만 놈은 큐대를 마저 들지 못하고 박강호의 좌우 스트레이트 연타에 당구대 옆으로 나가떨어졌다.

마치 창으로 찌르는 것처럼 강력한 연타는 눈에 보이지 않을 정도로 빨랐는데 뒤에 서 있던 놈들이 미처 반응을 보이지 못할 만큼 눈부시게 빠른 공격이었다.

북일상고의 떨거지들이 뒤늦게 이빨을 드러낸 것은 파마머리가 나가떨어졌다가 비틀거리며 일어설 때였다.

"죽여 버려!"

양아치들의 전형.

놈들은 파마머리가 얻어터진 것에 대한 복수를 하기 위해 한꺼번에 덤벼들었다.

하지만 여럿이 한꺼번에 덤비기에는 좁은 통로 때문에 한계가 있었는데 그러한 특성이 놈들의 행동을 상충시켜. 효율적인 공격을 하지 못하도록 만들었다.

퍽! 퍽!

먼저 앞으로 다가온 두 놈이 또다시 박강호의 번개 같은 주먹에 바닥으로 나가떨어졌다.

뒤에서 따라오던 놈들이 멈칫거리며 움직임을 멈춘 것은 앞의 놈들이 쓰러지면서 발을 묶었기 때문이다.

새파랗게 빛나는 눈으로 박강호의 입에서 야수 울음 같은 쉿소리가 흘러나온 건 또다시 두 놈이 쓰러지는 걸 뒤쪽에서 본 노랑머리가 큐대를 번쩍 치켜든 때였다.

"그 큐대 내려놓지 않으면 정말 죽는다."

"죽여봐, 개새끼야!"

"그거 내려놓고 쟤들한테 사과하면 용서해 주겠다. 하지만 계속해서 하겠다면 마천공고의 타이거가 너희들을 끝까지 찾아내서 아작 낼 거다. 어때? 끝까지 해볼 테냐?"

"으, 마천공고… 타이거!"

박강호의 말을 들은 노랑머리의 입에서 김빠지는 소리가 새어 나왔다.

최강 타이거.

C시를 완전히 장악하고 있는 마천공고의 타이거는 막강한 놈들이 몰려 있는 강호들의 집단이다.

그때서야 박강호가 입고 있는 마천공고의 교복이 눈에 들어왔다.

순식간에 세 명을 해치우는 실력의 소유자.

그리고 강렬한 눈빛으로 집단 앞에서 이빨을 드러내는 패기.

이런 놈이라면 타이거 소속일 가능성이 크다는 판단이 내려지자 노랑머리는 큐대를 든 손을 슬그머니 내렸다.

잘못 건드렸다.

지금은 둘밖에 없지만 언제 어느 때 타이거가 들이닥칠지 모른다.

그리고 정말 그런 상황이 만들어진다면 오늘은 제삿날이 될 가능성이 컸다.

그랬기에 그는 눈치를 보면서 재빨리 주변을 살폈다.

최대한 빨리, 그리고 최대한 쪽팔리지 않는 선에서 물러나는 것이 최선의 선택이기 때문이다.

뒤쪽에는 당구대를 뺏긴 범생이들이 어쩔 줄 몰라 하며 서 있고, 앞쪽 몇 군데의 고삐리들은 이쪽의 상황을 뒤늦게 인지하고 눈치를 보면서 구경하고 있다.

여기서 그냥 물러나는 것 자체가 이미 쪽팔림을 당하는 것이지만 타이거가 들이닥친다면 그때는 쪽팔림으로 그치지 않을 거란 판단이 들었다.

그때 이상한 장면이 눈에 들어왔다.

옆쪽에 서 있는 민병호가 두려움에 벌벌 떨고 있는 것이다.

작은 키, 그리고 왜소한 몸집.

고등학교라면 어디에나 있는 초식동물의 전형이다.

갑작스럽게 박강호의 말이 거짓으로 느껴지기 시작한 것은 그만큼 민병호의 모습이 만만해 보였기 때문이다.

그러나 만약 박강호의 말이 사실이라면 자신은 물론이고 여기 있는 모든 놈들은 반병신이 될 수밖에 없었다.

그랬기에 노랑머리는 이를 악물고 박강호를 노려봤다.

"네 이름을 대라. 네가 정말 타이거의 일원이라면 우린 깨끗하게 사과하고 물러나겠다."

"…난 타이거의 일원이 아니다."

"뭐라고? 이 개새끼가 거짓말을 해!?"

박강호가 머뭇거리다가 대답하자 의심이 확신으로 변한 노랑머리의 입에서 거친 욕설이 튀어나왔다.

놈은 당장에라도 내려둔 큐대를 다시 치켜들 기세였다.

하지만 놈은 계속된 박강호의 말에 큐대를 더 이상 들지 못한 채 입을 떡 벌렸다.

"내가 타이거의 원톱 박강호다. 물론 지금은 아니지만."

제4장

대학 입학

　박강호의 학력고사 성적은 거의 기적이나 다름없었다.

　그가 얻은 것은 271점.

　학력고사 만점이 340이었고 300점만 맞으면 우리나라에서
제일 좋다는 S대를 들어갈 수 있었으니 그 점수는 마천공고
출신인 박강호가 꿈에서도 꿔본 적이 없는 것이었다.

　그가 이렇게 말도 안 되는 점수를 얻게 된 것은 무서울 정
도로 운이 좋았기 때문이다.

　거의 찍은 문제의 반이 맞았기 때문에 제대로 학원에 다녔
거나 과외를 했다면 S대를 넘볼 정도의 점수를 얻었을지도 모

른다.

물론 그 이면에는 박강호의 노력이 뒷받침되었기에 가능한 일이었다.

무서운 집중력으로 아는 문제에 대해서는 거의 실수 없이 모두 맞혔고 천운까지 더해지자 좋은 점수가 나온 것이다.

그의 점수는 마천공고에서 두 번째로 높았다.

3년 내내 전교 1등을 놓치지 않던 민병호가 287점을 맞았을 뿐 나머지는 훨씬 낮은 점수를 얻어 마천공고에서 서울로 진학이 가능한 건 박강호까지 단둘에 불과했다.

그럼에도 교장선생을 비롯해서 모든 선생들은 축제 분위기에 젖었다.

최근 5년 동안 마천공고에서 인 서울 한 경우가 한 번도 없었기 때문이다.

특히 민병호와 박강호의 담임을 맡고 있던 김윤기 선생은 입을 함지박만 해져 닫힐 줄을 몰랐다.

성적이 뛰어난 놈 둘을 전부 품 안에 안고 있었기 때문에 그는 쉴 새 없이 축하 인사를 받았는데 한동안 웃음을 숨기지 못하고 돌아다닐 정도였다.

하지만 시간이 지나고 막상 대학을 선택할 시간이 다가오자 김 선생은 고민에 고민을 거듭해야 했다.

최근 5년간 인 서울 한 학생이 하나도 없었고 마천공고 자체의 입시 지원 시스템이 허술하기 짝이 없어 막상 우수한 점수를 받은 학생이 둘이나 나타나자 어쩔 줄을 몰라 했다.

결국 고민 끝에 김윤기 선생이 택한 것은 안정 지원이었다.

어떡하든 대학에 무사히 들어가도록 만드는 것이 최고의 선택이라고 생각한 그는 나름대로 각종 자료를 수집해서 각 학교의 커트라인을 확보하고 분석 끝에 박강호에게 G대를 추천했다.

G대는 서울에 있는 대학 중에서 하위권에 속했고 캠퍼스도 도심 외곽에 위치하고 있어 인기가 많지 않은 학교였다.

김 선생은 하루 종일 진학 상담을 해서 피곤했는지 목소리에서 쉰소리가 묻어나왔다.

그는 조금이라도 빨리 마지막으로 남은 박강호의 진로를 결정하고 싶어 했다.

"여기가 최선이다. 그러니까 빨리 결정하고 얼른 원서 쓰자."

"싫습니다."

"이놈 봐라? 왜 싫은데?"

"저는 C대에 가고 싶습니다."

"야, 인마, 말이 되는 소리를 해. 그 점수 가지고는 거길 갈 수가 없어. 너 떨어지면 재수할 거야?"

박강호의 생각을 들은 김 선생이 입에 거품을 물었다.

기가 막혀서 말도 안 나온다는 얼굴이다.

하지만 박강호는 가면을 씌워놓은 것과 같은 표정을 지은 채 자신의 주장을 굽히지 않았다.

무리라는 것은 안다.

전통의 명문 대학 C대를 지원하기 위해서는 박강호가 얻은 점수는 절대 넉넉한 것이 아니었다.

그럼에도 박강호가 C대를 원하는 건 두 가지 이유 때문이었다.

첫째는 그 정도 레벨의 대학에 합격해야지 아버지에게 말할 수 있는 염치가 생긴다.

비록 G대가 지방의 명문대와 레벨이 비슷하다 해도 찢어지게 가난한 집안 형편을 감안한다면 가겠다고 우길 명분이 부족했다.

두 번째는 C대가 큰누나가 사는 곳과 불과 한 시간 거리에 있기 때문이었다.

막상 합격해서 입학한다 해도 살 곳이 없다면 말짱 도루묵이지만 C대에 합격만 한다면 빌붙어 살 수 있는 큰누나의 신혼집이 있었다.

그랬기에 박강호는 김 선생에게 자신이 C대에 가야 하는 이유를 설명하고 입을 꽉 닫았다.

절대 물러설 수 없다는 의지가 담긴 행동이었다.

부모님을 모셔오라는 김 선생의 협박을 끝까지 이겨내고 박강호는 C대에 원서를 넣는 데 성공했다.

그리고 보름 후.

박강호는 와들와들 떨리는 마음으로 자신의 합격을 확인할 수 있었다.

대학 측에서는 정문 근처 커다란 공터에 게시판을 마련해 합격자들을 발표했는데 그곳은 수없이 많은 사람들로 인해 시장터를 방불케 했다.

사방에서 부모들이 자식의 합격을 축하하며 떠들썩했는데 박강호는 혼자 게시판을 바라보며 두 주먹을 굳게 쥐고 하염없이 서 있다가 천천히 걸음을 돌렸다.

막상 합격은 했으나 기쁨은 잠시였고 무거운 걱정과 두려움이 한꺼번에 몰려왔다.

마천공고에 입학한 것은 오로지 어려운 집안 형편을 생각해서 장학금을 받기 위함이었다.

전교권에서 놀면 3년 내내 장학금을 주기 때문에 부모님께 걱정을 끼치지 않고 공부를 할 수 있었고 졸업하면 곧바로 취직할 수 있다는 장점도 있었다.

당연히 대학 진학은 꿈도 꾸지 않았다.

6남매를 키우느라 허리가 휘도록 일하는 아버지를 생각한다면 대학을 가겠다는 건 미친 짓이나 다름없었다.

그럼에도 공부를 한 것은 블랙서클에 가입해서 인간 이하의 생활을 하던 아들에게 절름발이 어머니가 보여준 눈물 때문이었다.

수단.

그렇다. 공부는 블랙서클에서 빠져나오기 위한 수단과 핑계였고 지옥 같은 시간을 참아내기 위한 도구였을 뿐이다.

그런데 공부를 하다 보니 욕심이 생겼고, 말도 안 되는 운이 거듭 작용하며 기적처럼 명문 C대에 합격하는 일이 생기고 말았다.

고속버스를 타고 내려와 막상 집으로 들어가는 파란 대문 앞에 서자 저절로 한숨이 흘러나왔다.

파란 대문은 페인트가 여기저기 벗겨져 흉한 모습을 드러내고 있었다.

"휴우!"

다시 한 번 길게 심호흡을 하고 천천히 집 안으로 들어가자 절룩거리며 부엌에서 나오던 어머니가 반갑게 맞아주었다.

어머니는 오늘 그가 합격을 확인하러 서울에 갔다 온 것조차 몰랐다.

"하루 종일 어디 갔다 와. 춥지? 얼른 씻고 밥 먹자. 아버지

벌써 와 계셔."

"예, 금방 들어갈게요."

어머니가 먼저 몸을 돌리자 박강호는 마루에다 외투를 벗어놓고 주섬주섬 양말을 벗은 후 마당에 있는 수돗가로 다가가 세면을 했다.

물이 뼛속을 얼릴 것처럼 차가웠으나 박강호는 빠르게 얼굴을 씻고 발까지 대야에 담아 꼼꼼히 씻은 후 방으로 들어갔다.

정신을 바짝 차리고 싶었다.

아버지는 그 어떤 강한 상대보다 마주하기 어려웠고 태산 같은 분이었다.

어머니의 말처럼 아버지는 평소와는 다르게 조금 일찍 들어와 밥상에 앉아 계셨다.

누나들은 요즘 한창 바쁠 때라 야근을 밥 먹듯 했기 때문에 밥상에 앉은 가족은 부모님과 박강호 달랑 셋뿐이었다.

아버지의 지론은 밥 먹을 때 말하면 안 된다는 것이었기 때문에 박강호는 어릴 때부터 밥상머리에서는 언제나 조용했다.

밥을 먹는 동안 밥이 코로 들어가는지 입으로 들어가는지 알 수가 없었다.

머릿속을 가득 채운 말들이 마구 뒤죽박죽 얽히며 그의 얼굴을 점점 굳게 만들었다.

그럼에도 식사를 마친 박강호는 끝내 힘을 내어 아버지를 불렀다.

"저… 아버지."

"무슨 일이냐?"

"이번에 C대에 합격했어요. 오늘 합격을 확인하고 왔습니다."

어렵게 한 말인데 아버지는 언뜻 알아듣지 못한 얼굴을 했다.

워낙 힘겹게 일을 했기 때문에 아버지는 아들이 대학 시험을 봤다는 것조차 잊고 있는 것 같았다.

새벽 5시에 일어나 보통 8시에 들어오신다. 그리고 한 달의 반 정도는 출장을 가시는데 돈을 벌기 위해 남이 가야 하는 출장도 자청한다는 소리를 들은 적이 있다.

바짝 말라 야윌 대로 야윈 아버지.

그 몸으로 대형 트럭을 모는 아버지의 팔뚝은 마른 장작처럼 금방이라도 부서질 것같이 위태로웠다.

처음에는 어리둥절한 얼굴로 계시던 아버지의 얼굴이 점점 밝아지며 웃음이 떠오른 건 박강호가 어쩔 줄 몰라 하며 침을 삼킬 때였다.

아버지는 뒤늦게 박강호가 시험을 봤다는 사실을 깨달은

것 같았다.

"정말이냐? 정말 C대에 합격한 거냐?"

"예, 아버지."

"장하다. 정말 장해. 어허, 이거 우리 집에 경사가 났구나!"

박강호의 걱정과는 다르게 부모님은 정말 오랜만에 활짝 웃으며 아들의 대학 합격을 진심으로 축하해 줬다.

워낙 박강호가 입시에 관해서 말을 안 했기 때문에 정보가 부족한 부모님은 많은 것을 물어왔는데 강호가 대답할 때마다 연신 너털웃음을 멈추지 못했다.

학교 근처에도 가보지 못한 부모님은 이름만 들어본 C대가 어디에 있는지도 몰랐고, 어떤 과정을 거쳐서 입학이 되는지조차 몰랐기 때문에 박강호는 일일이 하나씩 설명해야 했다.

그러나 화기애애하던 분위기는 그리 오래가지 못했다.

아무것도 모르지만 돈을 내야 대학에 들어가야 한다는 것 정도는 알고 계셨기에 아버지의 입에서 기어코 하고 싶지 않던 질문이 흘러나왔기 때문이다.

"강호야, 등록금은 언제까지 내면 되는 거냐?"

"그게… 다음 달 5일까지 내야 됩니다."

"음……."

아버지의 입에서 탄식과 같은 무거운 신음 소리가 흘러나왔다.

다음 달 5일은 불과 15일밖에 남지 않았다.

더군다나 대학 입학금은 아버지의 넉 달 치 월급을 합한 것보다 많았기 때문에 아버지의 신음 소리가 박강호에게는 마치 비수에 찔린 짐승의 울음소리처럼 들렸다.

말을 해놓고 고개를 푹 숙인 채 움직이지 못했다.

아침에 확인한 부엌의 쌀독은 바닥을 드러내고 있었다.

어머니는 쌀독이 비는 것만큼은 어떤 일이 있어도 막으려 했다.

쌀독만 채워져 있다면 어떤 어려움도 견뎌낼 수 있다는 게 어머니의 지론이기 때문이다.

하지만 쌀독은 어제보다 더 가벼워진 상태로 방치되어 있었다.

그 이유를 너무나 잘 알고 있다.

결혼을 한 큰형은 멀지 않은 곳에서 셋방살이를 하고 있는데 뛰어놀던 큰조카가 팔이 부러지는 바람에 어머니는 가지고 있던 돈을 박박 긁어모아 병원비로 쓴 것이다.

그 이야기는 집안에 돈이 한 푼도 없다는 뜻이고, 앞으로의 생활은 친분 있는 가게에서 외상으로 꾸려 나가야 된다는 걸 의미했다.

그런 마당이니 박강호가 말한 입학금은 부모님에게는 청천

벽력이나 다름없었을 것이다.

잠시 동안의 침묵이 지나고 아버지는 한 손에 숭늉 그릇을 들고 한동안 말없이 박강호를 바라보았다.

그런 후 목이 잠긴 음성으로 작게 말했다.

"강호야, 그만 가서 쉬어라. 오늘 고생했고, 축하한다."

집은 허술해서 박강호의 방은 바람이 새어 드는 경우가 많았다.

나름대로 스티로폼을 덧대고 방풍재로 창문 틈을 막았지만 겨울에는 언제나 추웠다.

당연히 방음은 되지 않았고, 조용히 누워 있으면 가족들의 말소리가 들려왔다.

누나들의 소곤대는 목소리가 들려오기 시작한 것은 저녁 11시가 훌쩍 넘어서였다.

누나들은 거의 10시가 넘어 퇴근해서 얼마 쉬지도 못하고 잠자리에 들었는데 소곤대던 목소리가 조금 높아진 것은 막내 누나로 인해서였다.

"다음 달 5일이라고?! 그걸 어떻게 만들어!"

"조용히 해."

"이게 조용히 할 일이야? 정말 미치겠네!"

"그나저나 걱정이다. 어쩌면 좋을지 모르겠어."

"아버지는 뭐라 하셔?"

"아무 말씀 안 해. 그런데 무척 안색이 어두우셔. 고민을 많이 해서 그런지 기침이 더 심해지셨어."

"미친놈이야. 가뜩이나 몸도 안 좋으신데·저놈을 그냥……."

답답한 듯 억눌린 목소리로 둘째 누나가 대답하자 막내 누나의 입에서 신경질적인 반응이 튀어나왔다.

누나가 말한 미친놈은 당연히 나다.

자신도 모르게 누나의 마지막 말을 듣는 순간 감고 있던 눈이 번쩍 떠졌다.

억울했다.

일어나서 소리 지르며 내가 뭘 그렇게 잘못했느냐고 따지고 싶었다.

죽어라고 공부해서 명문 대학에 합격한 것이 잘못이라면 도대체 뭐가 잘한 짓인지 묻고 싶었다.

하지만 박강호는 결국 아무 소리 하지 못하고 그저 창밖으로 들어온 하늘만 바라보았다.

하늘에는 수많은 별이 조용하게 그를 내려다보고 있었다.

그래, 잠시 꾼 아주 달콤한 꿈이었다.

뭔가 이루기 위해 열정을 모두 바친다는 건 살아 있다는 증거이고, 그것만으로도 커다란 기쁨을 얻을 수 있었으니 결코 후회할 일은 아니었다.

나도 모르게 욕심을 냈고, 기적처럼 그 욕심이 현실로 다가왔지만 이제 와서 보니 모두 부질없는 짓이었다.

일주일이 지났을 때 집안은 어두운 기운으로 가득 차 숨을 쉬기 어렵게 변했다.

아버지의 한숨과 어머니가 숨어서 흘리는 억눌린 울음소리는 박강호의 가슴을 찢어놓기에 충분했다.

1년 반 동안 그 누구보다 미쳐 있었기에 막상 포기해야 한다는 생각이 머릿속을 차지하자 심장이 미칠 듯이 거부했다.

차가운 이성은 뜨거운 감성을 이기지 못하고 가슴이 터질 듯한 괴로움을 주고 있었다.

박강호가 방황을 시작한 것은 대학 진학을 포기한 후 뒷산에 올라가 마음껏 울고 난 후였다.

오랜만에 유한상을 불러냈다.

유한상은 중학교 때부터 단짝이었고 블랙서클에서 벗어날 때까지 한 몸처럼 몰려다녔지만 공부를 시작하면서 거의 만나지를 못했다.

충분히 배신감을 느꼈을 텐데도 유한상은 박강호의 전화를 받고 두말없이 약속 장소로 나왔다.

그들이 잘 가던 소주 가게에 나타난 유한상의 얼굴에는 밝은 웃음이 담겨 있었다.

오랫동안 못 봤는데도 꽤나 반가운 모양이다.

"강호야 인마, 오랜만이다."

"그래, 오랜만이야."

"웬 바람이 불어서 형님을 불러냈냐?"

"술 마시고 싶어서. 너하고 술 마신 지도 오래됐잖아."

"지랄, 명문 대학 합격해서 자랑하기 위해 부른 거 아냐?"

유한상은 여름방학이 끝나면서 취업을 나갔기 때문에 모를 것이라 생각했는데 박강호의 소식을 알고 있었다.

하긴 박강호의 C대 합격은 시내에서 화젯거리가 되어 모르는 사람이 없을 지경이었다.

C시에서 가장 우수한 인재들이 다니는 제일고와 선화여고에서는 대한민국 최고의 대학인 S대에 수십 명씩 합격자를 내고 있었으나 박강호는 그들을 제치고 가장 유명한 인사가 되어 있었다.

돌아온 탕아의 성공은 사람들에게 카타르시스를 불러일으킬 만큼 자극적인 것이었다.

박강호는 유한상이 말을 듣고 피식 웃은 후 소주병을 들어 맥주잔에 가득 채웠다.

그가 오기 전 시켜놓은 김치찌개는 어느새 보글거리며 끓고 있었는데 냄새가 그럴듯했다.

"마시자!"

"어, 그래."

맥주잔을 가득 채운 소주를 보며 유한상이 놀란 얼굴을 했다.

이렇게 술을 마신 것은 타이거에 가입했을 때 신고식 이후로는 처음이기 때문이다.

그랬기에 유한상은 단숨에 맥주잔에 담긴 소주를 반이나 들이마신 박강호를 향해 불쑥 입을 열었다.

"무슨 일이야? 뭐 안 좋은 일이라도 있어?"

"술이나 마셔."

"빨리 말해. 듣고 나서 마셔야겠다."

"별거 아냐."

"아, 씨발! 그러니까 그 별거 아닌 거 얘기해 보라니까!"

"그놈 참. 나, 대학에 못 갈 것 같다."

"웬 자다가 봉창 두드리는 소리를…… 왜 못 가는데?"

전혀 예상하지 못한 말에 소리를 지르면서 유한상이 박강호를 바라보았다.

박강호는 말을 마친 후 맥주잔에 담긴 소주를 빙글빙글 돌리고 있었는데 그 모습이 무척이나 퇴폐적으로 보였다.

계속된 재촉에 박강호가 마지못해 이야기를 시작하자 유한상의 입에서 연신 한숨이 흘러나왔다.

박강호보다는 낫지만 그 역시 집안 형편이 좋지 않아 공고를 선택했으니 누구보다 친구의 마음을 이해할 수 있었다.

그렇기에 아쉽고 답답했다.

친구인 박강호는 1년 반 동안 미친놈이 되어 기어코 명문 대학에 합격했는데 돈 때문에 포기해야 된다니 너무나 어처구니가 없었다.

그럼에도 막상 해결 방안이 떠오르지 않으니 위로조차 하지 못하고 술만 들이켰다.

박강호는 술을 마시며 웃고 있었지만 그의 눈에는 그것이 우는 것으로 보였다.

시간을 죽이는 것은 공부에 미쳤을 때보다 훨씬 힘든 고통을 수반했다.

최고의 대학 중 하나인 Y대에 합격한 민병호는 종종 전화를 해왔으나 박강호는 그의 전화를 받지 않았다.

어차피 이제 다른 세계에서 살아가야 할 놈이었으니 자신과는 어울리지 않는 게 좋을 거란 생각 때문이었다.

대신 박강호는 유한상을 비롯해서 타이거에서 놀던 놈들과 함께 술과 여자로 시간을 보냈다.

대학을 가지 않겠다고 결심하며 누구보다 열심히 일해서 아버지를 돕겠다고 생각했지만 몸이 말을 듣지 않았다.

정신을 차리고 싶었으나 술이 깨고 나면 끝없이 다가오는 고통 때문에 또다시 술을 찾을 수밖에 없었다.

대학을 가고 싶다는 열망이, 그리고 아직 기회가 있다는 희망이, 죽고 싶다는 괴로움과 끝없는 절망이 혼재되어 술을 마시지 않고는 견딜 수 없게 만들었다.

그러나 그것도 이젠 끝이다.

등록 마감일이 내일이니 오늘만 지나면 내일부터는 새로운 정신으로 살아갈 수 있을 터이다.

그의 인생에서 내일을 없애고 싶었다.

그랬기에 박강호는 어느 때보다 훨씬 많은 술을 퍼마시고 거의 새벽이 되어서야 집으로 들어왔다.

오늘 하루 시체가 되어 시간을 보내면 그동안 마음속에 악마처럼 자리 잡은 채 그를 괴롭히던 미련을 후련하게 떨쳐낼 수 있을 거라 생각이다.

그리고 정말 시체처럼 옷도 벗지 않은 채 무너져 내렸다.

영원히 깨지 않을 기세로.

하지만 그의 바람은 의식 저편에서 끈질기게 그를 깨우는 목소리로 인해 이루어지지 못했다.

몸이 꿈틀거리며 먼저 반응했고, 곧이어 사라졌던 의식이 돌아오며 그를 부르는 목소리가 아버지의 음성이란 걸 알려주었다.

"강호야, 일어나라! 빨리 일어나!"

"…아버지."

겨우 눈을 뜨자 어느새 환하게 밝아진 햇살을 등지고 아버지가 서 있는 것이 보였다.

아버지는 신문지로 둘둘 싼 물건을 손에 쥔 채 그를 내려다보고 있었다.

이 시간이면 아버지는 출근하고 안 계셔야 했다.

그리고 꿈결 속에서 평소처럼 출근하는 아버지를 어머니가 배웅하는 소리도 들었다.

그런데 아버지는 그의 앞에 서 계셨다.

"강호야, 이놈아, 정신 차려. 빨리 일어나 세수하고 서울 갈 준비 해."

"무슨 말씀이세요?"

"이걸 가지고 가서 등록해라. 시간이 많지 않으니까 서둘러."

아버지는 얼떨결에 일어난 박강호에게 신문지에 싸인 돈을 내밀었다.

돈은 벽돌 두 개를 합친 것만큼 많았는데 손에 들자 묵직할 정도로 무거웠다.

아직까지 희미하던 정신은 아버지가 건넨 돈이 손에 들리자 갑작스럽게 빠른 속도로 회전하며 정상으로 돌아왔다.

돈, 돈이다.

이 돈만 있으면 대학에 갈 수가 있다.

하지만 돈에서는 어둡고 축축한 냄새가 물씬 풍겨 나오고 있었다.

"아버지, 이 돈 어디서 난 거죠?"

"그건 네가 알 거 없어."

"말해주지 않으면 전 안 갑니다. 말씀해 주세요."

"이놈아, 그걸 네가 알아서 뭐 하려고. 시간 없으니까 얼른 가기나 해."

"아버지!"

박강호는 자신도 모르게 아버지를 향해 소리를 질렀다.

지금까지 한 번도, 심지어 블랙서클에 가입해서 개차반 인생을 살 때도 아버지께 대든다는 건 생각조차 해보지 않았다.

그러나 지금은 소리를 질러야 했다.

이 돈이 나올 방법은 오직 하나뿐이었기 때문이다.

"아버지, 그러시면 안 됩니다. 이 집이 없으면 우리 식구는 어떻게 살아요. 그러니까 가져가서 돌려주세요."

"강호야, 애비가 부지런히 벌어서 갚을 거다. 집은 내가 어떻게든 지킬 거니까 걱정하지 마."

"싫습니다!"

"이놈아, 너 정말 왜 그러냐. 애비 죽는 꼴 보고 싶어서 그래?"

"싫어요! 싫다고요!"

박강호는 돈을 집어 던지고 이불을 뒤집어썼다.

그런 후 이를 악물고 소리 죽여 울었다.

아버지는 그런 강호를 바라보며 한동안 움직이지 않다가 슬그머니 몸을 돌려 방을 빠져나갔다.

돈은 그대로 둔 채.

아버지가 나가신 후 한참 있다가 절룩거리며 어머니가 대신 방으로 들어왔다.

어머니는 흩어진 돈다발을 조심스럽게 모아서 다시 신문지에 싼 후 박강호의 옆에 앉았다.

"강호야, 일어나 봐."

"……."

"강호야, 제발……."

끝내 박강호가 이불을 열고 나오지 않자 어머니의 입에서 또다시 울음소리가 새어 나왔다.

어머니는 보름 동안 부엌에서, 안방에서, 그리고 길거리에서 남모르게 저런 울음을 계속해서 흘렸다.

얼마나 많은 눈물을 흘렸는지 알 수 없었다.

박강호가 본 것만 해도 여러 번이었으니 어머니는 그 오랜 시간 동안 눈물을 매단 채 살았을 것이다.

매일같이 술에 취해 들어오는 아들을 바라보며 끝없는 절망 속에서 어머니는 눈물로 시간을 보냈겠지.

그럼에도 박강호는 어머니의 눈물을 닦아주지 못했다.

어머니의 눈물은 가난으로 인해 생겨난 것이고, 자신은 어머니의 가난을 덜어줄 방법을 가지고 있지 않았다.

몇 번이고 대학에 가지 않겠다고 말했으나 그럴 때마다 어머니는 더 커다란 슬픔으로 가슴을 쥐어뜯었기 때문에 시간이 지나자 그냥 모른 척해 버렸다.

시간이 해결해 줄 거라 믿었다.

등록금 마감 시간이 지나서 대학 진학에 대한 모든 미련이 가족들의 머릿속에서 지워지면 어머니의 눈물은 자연스럽게 멈출 거라 생각했다.

그런데 어머니가 또 울고 계신다.

그것도 언제나 숨어서 울던 것과 다르게 자신의 옆에서 말이다.

박강호는 천천히 이불을 열고 일어나 어머니의 손을 잡았다.

그러고는 천천히 어머니 얼굴의 눈물을 닦아주었다.

"엄마, 난 정말 괜찮아요. 이 돈은 돌려줘야 해요. 난 알아요. 이 집을 지키기 위해 아버지가 얼마나 많은 노력을 했는지를. 그런데 어떻게 이 돈을 제가 쓸 수 있겠어요."

"아버지와 나는 집보다 네가 더 소중하다고 생각했다. 우리 소원은 네가 대학에 가는 걸 보는 거야. 그러니까, 강호야. 이 거 가지고 빨리 올라가."

"엄마!"

"제발 부탁이다, 강호야."

허연 머리.

어머니는 벌써 환갑이 다 되어 머리가 온통 흰머리로 뒤덮였다.

피부는 주름이 잡혔고 그 골에 눈물이 흘러내리는데도 거침은 조금도 줄어들지 않았다.

한평생 고생만 하신 어머니의 눈물은 볼 때마다 가슴이 아팠다.

한참 동안 멍하니 앉아 있다가 정신을 차리고 세수를 했다.

마당에 나가 찬물을 받아놓고 그 속에 머리부터 처박은 채 가슴속으로 밀려들어 오는 욕심을 뿌리치려 했다.

그러나 한번 솟구친 열망과 욕심은 조금씩 아주 작은 곳부터 박강호의 육신을 갉아먹더니 끝내 전신을 장악한 후 이성을 상실케 만들었다.

어떻게 옷을 갈아입었는지, 무슨 정신으로 고속버스를 탔는지 알 수 없었다.

대학에 가고 싶다는 욕심은 박강호를 그렇게 정신없이 움직이게 해서 서울로 향하게 만들었다.

아버지가 만들어준 돈을 가슴에 품고.

부모님은 대문까지 나와 그런 아들을 배웅해 주셨는데 얼굴에는 활짝 핀 웃음을 머금고 계셨다.

C대가 지정한 은행에 도착했을 때의 시간은 오후 2시가 조금 넘어서였다.

은행은 C대에서 1㎞ 정도 떨어진 큰길가에 있었는데 등록 마감일이라 그런지 사람들로 북적였다.

유독 추운 날씨였다.

바람까지 강하게 불었고 올겨울 들어 기온이 제일 많이 떨어졌기 때문에 거리를 지나는 사람들은 옷깃을 부여잡고 뛰듯 걸어갔다.

박강호는 버스를 타고 은행 맞은편 쪽에서 내려 천천히 걸었다.

가슴속에는 아버지의 피와 눈물이 들어 있기 때문에 걸음이 부자연스러웠다.

육교를 올라가자 은행이 더 가깝게 느껴졌다.

눈이 녹았다가 추워지면서 얼음으로 뒤덮인 육교는 걷기가 힘들 만큼 미끄러웠다.

도로를 지나는 차량들이 바람을 일으킨 건지 아니면 높은 곳에 서 있어 더 큰 바람을 맞는 건지 알 수 없었지만 육교는 도로 옆 인도에 비해 차가운 바람이 연신 몰아치고 있었다.

　박강호는 육교를 다 건넜지만 차마 계단을 내려가지 못하고 다시 왔던 길을 되돌아 걸었다.

　은행으로 가야 한다는 욕심과 집으로 돌아가야 한다는 이성이 부딪치면서 박강호는 수많은 번민에 휩싸여 육교를 벗어나지 못했다.

　몸은 점점 얼어갔고, 시간은 지나갔으나 박강호는 그렇게 하염없이 육교를 헤매고 다녔다.

　얼마나 오랜 시간이 지났을까.

　결심을 굳힌 박강호는 시계를 바라본 후 은행 쪽 계단을 따라 걸어 내려갔다.

　시간은 4시를 가리켰고, 은행 업무는 이제 30분밖에 남지 않았다.

　결국 욕심이 또 이겼다.

　머릿속을 가득 채운 번민.

　수십 년을 자식들을 위해 고생한 아버지의 휘어진 허리, 그리고 어머니의 억눌린 눈물, 누나들의 원망 섞인 시선이 화살처럼 가슴속에 틀어박혔으나 마감 시간이 다가오자 박강호의 전신을 휘감은 욕심은 그런 것을 단칼에 베어버리고 은행으로 걸어가게 만들었다.

무거운 몸으로 번호표를 뽑고 자리에 앉았다.

대기하는 사람이 일곱 명이나 있었기 때문에 10분 정도는 기다려야 했다.

육교 위에서 서성거리며 얼었던 몸이 은행의 따뜻한 기운과 부딪치자 열이 나며 후끈거렸다.

딩동!

어느새 대기하는 사람들이 줄어들면서 차례가 다가왔기 때문에 박강호는 주춤거리며 은행원을 향해 걸어갔다.

쉬웠다.

아버지의 피와 눈물이 담긴, 그리고 잃어버릴까 봐 하루 종인 팔이 떨어지게 가슴속에 품고 있던 돈이 은행원의 손으로 들어가는 데에는 불과 1분도 걸리지 않았다.

그 많은 돈을 받은 은행원은 오직 종이 쪼가리 하나만을 박강호의 손에 쥐여주고 다른 사람을 호명하고 있었다.

영수증을 들고 비틀거리며 원래 앉아 있던 의자로 돌아와 털썩 주저앉았다.

그러자 자신도 모르게 눈물이 쏟아져 나오기 시작했다.

수많은 사람들이 모여 있었지만 창피하지 않았다.

오직 가슴속을 가득 채우고 있는 건 부모님에 대한 미안함 뿐이었다.

설날, 큰누나 부부가 왔을 때 아버지는 힘들게 강호의 이야기를 꺼냈다.

하숙을 시킬 형편이 되지 않으니 당분간만 데리고 있어 달라는 부탁을 하셨는데 아버지는 그 이야기를 하면서 차마 사위의 얼굴을 똑바로 바라보지 못하셨다.

하지만 아버지의 우려와는 달리 매형은 흔쾌히 강호가 집에 머무는 것을 허락했다.

"아버지, 걱정하지 말고 보내세요. 그러지 않아도 제가 집을 비워서 불안했는데 잘됐어요. 처남이 와 있으면 든든하고 좋을 것 같아요."

"…고맙네."

큰누나 부부는 2년 전에 결혼해서 지금 돌이 된 딸을 하나 두었는데 갑작스럽게 매형이 건설 현장으로 파견 나가는 바람에 3개월 전부터 주말부부가 된 상황이었다.

고속도로 건설 현장은 5년 동안 공사를 시행하기 때문에 매형은 당분간 집에서 다니지 못하는 형편이었다.

그럼에도 큰누나는 매형의 눈치를 보면서 즉각 반대 의견을 꺼냈다.

부모님의 상황이 딱하기는 하지만 덥석 강호를 품에 안겠다는 말을 하기엔 매형의 상황도 그리 좋은 편이 아니었기 때문이다.

큰매형은 중학교를 졸업하고 일찍 생활 전선에 뛰어들어 대형 덤프트럭을 몰았는데 한 푼 없이 결혼했기 때문에 지금도 빠듯하게 살고 있었다.

"아버지, 죄송하지만 우리 살기도 힘들어요. 강호까지 오면……."

"…미안하다, 미순아."

"아무래도 안 될 것 같아요. 우린 결혼한 지 2년밖에 되지 않았어요. 그런데 어떻게 강호를 데리고 있어요. 아버지, 정말 너무하세요."

"너한테 피해 가지 않도록 할 거야. 강호 저놈이 속이 꽉 차서 잠잘 데만 있으면 알아서 잘할 거다. 미순아, 우리 집안에서 사돈의 팔촌까지 합해 처음으로 대학에 간 놈이다. 그것도 서울에 있는 명문 대학교에 갔어. 네가 사정 좀 봐주면 안 되겠니?"

"아버지!"

매번 기침을 하시면서도 아버지는 담배를 끊지 못했다.

특히 뭔가 긴장된 일이 있으면 담배를 손에 놓지 못했는데 큰누나에게 말하면서 아버지는 줄담배를 피우고 있었다.

아마도 미안하셨을 거다.

다 큰 아들을 결혼한 지 2년밖에 안 된 신혼부부에게 맡긴다는 것은 정말 말도 안 되는 이야기였기 때문이다.

아무리 매형이 떨어져 산다 해도 주말이면 가족을 보기 위해 오는데 그때는 어쩌란 말인가.

그랬기에 큰누나는 적극적으로 반대 의사를 나타내고 있었다.

하지만 이미 들었다.

큰누나가 어머니에게 자신이 강호를 데리고 있겠다며 걱정하지 말라고 안심시켰다는 것을.

큰누나는 매형에 대한 미안함을 이런 식으로 표현하고 있었던 것이다.

큰누나가 소리를 지르자 중간에서 매형이 나섰다.

어떤 식으로든 이야기가 나온 이상 자신이 강호를 건사해야 된다는 사실을 매형은 너무나 잘 알고 있었다.

큰누나는 결혼하기 전까지 온갖 집안일을 하면서 자신을 희생한 효녀였으니 결론은 정해진 것이나 마찬가지였다.

"그만해. 아버지 걱정하시는 거 안 보여? 강호가 평생 살겠다는 것도 아닌데 자꾸 당신이 이렇게 나오면 어떡해. 더 이상 말하지 마!"

박강호는 두근대는 가슴을 안고 고속버스를 기다렸다.

터미널은 서울로 가는 사람들로 북적여 앉을 자리가 없었기 때문에 그는 이불을 싼 보자기에 걸터앉아 시간이 되기를 기다렸다.

이불은 그가 쓰던 것으로 집에서부터 들고 온 것이다.

누나의 집에는 여분의 이불이 없기 때문이었는데 새로 산다는 건 생각조차 하지 못했다.

사람들은 이불보를 들고 다니는 그를 이상하게 쳐다보았지만 박강호는 사람들의 시선을 애써 외면하며 신줏단지 모시듯 이불보를 지고 다녔다.

C대까지는 세 번이나 가봤으나 큰누나가 살고 있는 제물포는 처음이기 때문에 걱정이 앞섰다.

제물포는 학교보다 훨씬 멀었고, 버스와 지하철을 여러 번 갈아타야 갈 수 있었다.

특히 지하철은 처음이기 때문에 타는 방법조차 제대로 몰랐다.

큰누나한테 집으로 오는 방법을 상세하게 듣긴 했지만 걱정이 되는 건 사실이다.

그리고 그 걱정은 곧 사실로 나타났다.

인천행이 아니라 수원행 열차를 잘못 타서 한참 동안 헤매고 다닌 것이다.

그나마 다행인 것은 낌새가 이상한 것을 느끼고 옆에 있는 사람에게 물어 다섯 역 만에 원래 있던 자리로 되돌아왔다는 건데, 그럼에도 불구하고 큰누나의 집에 도착했을 때는 밤 9시가 넘은 시간이었다.

누나가 사는 집은 허름했다.

그가 오랫동안 살아온 시골집과 별반 다를 것이 없는 곳의 반지하 방에서 월세를 살고 있었다.

박강호가 들어서자 누나가 반갑게 맞아주었다.

누나는 그가 온다는 걸 미리 연락받았기 때문인지 삼겹살을 준비해 놓고 있었는데 오랫동안 기다린 눈치였다.

"세 시에 출발했다면서 왜 이제 와?"

"차를 잘못 탔다. 지하철은 처음이라 많이 헤맸어."

"촌놈."

"아니라고는 못 하겠네."

누나의 농담에 박강호는 어색하게 웃었다.

누나는 어머니와 동격이다.

나이가 열한 살이나 차이 나기 때문이기도 하지만 어머니가 안 계시면 동생들의 건사를 대부분 큰누나가 했기 때문에 어려서는 업혀서도 다녔다.

집 안으로 들어와 본 방은 불과 5평 정도였는데 조그만 부엌이 딸려 있었다.

정말 다행인 것은 부엌 옆에 쪽방이 있다는 것이었다.

쪽방은 그야말로 사람 하나 누울 정도로 좁았는데 이불을 깔자 정확하게 맞았다.

 사람들의 축복을 받아야 할 입학식이었지만 박강호는 혼자
였다.

 아버지 없이는 조금도 움직이지 못하시는 어머니, 그리고
이제 겨우 직장에서 자리 잡은 형과 누나들, 갓난아이를 업고
다니는 큰누나.

 가족들은 모두 입학식에 올 수 없는 사람들이었다.

 그럼에도 박강호는 어깨를 펴고 당당하게 식장으로 들어갔
다.

 대강당에는 자녀들의 입학을 축하하기 위해 온 부모들과
친지들로 인해 북새통을 이루고 있었는데 사진을 찍으며 즐거
워하는 모습이 너무나 행복해 보였다.

 사람들의 몸에서 빛이 나는 것 같았다.

 고급스러운 양복을 입은 남자들, 예쁘고 화려한 정장을 입
은 여자들은 자신과 같은 나이였음에도 훨씬 성숙해 보였고
여유 있는 웃음을 짓고 있었다.

 살아온 환경의 차이일까, 아니면 빈부의 차이일까.

 정확하게 어떤 차이로 인한 것인지는 몰라도 그들이 가지
고 있는 후광은 분명 자신에게는 없는 것이었다.

 입학식의 절차는 고등학교 때 하던 것과 크게 다르지 않았다.

다른 것이 있다면 규모가 상대가 되지 않을 만큼 크고 화려하다는 것뿐이다.

대부분의 학생들은 입학식에 커다란 의미를 두지 않고 부모들과 시간을 보냈지만 박강호는 자리에 앉은 채 움직이지 않았다.

갈 곳도 없고 만날 사람도 없었다.

식은 이제 막바지에 다다라 총장님의 축사가 시작되는 중이다.

화려한 예복을 입은 총장님은 마치 부처님으로 보일 정도로 중후했는데 목소리도 웅장해서 식장 전체에 울려 퍼졌다.

"…여러분은 이제 상아탑의 일원이 되어 인생에서 가장 소중한 시간을 보내게 될 것입니다. 4년이란 시간은 사람의 인생에서 짧은 것이지만 청춘인 여러분에게는 인생의 그 어느 시간보다 길고 중요한 시간임을 잊지 마십시오."

박강호는 눈을 감고 있었다.

총장님의 연설은 거의 5분 동안 지속되었지만 그의 귀에 들어온 것은 오직 이 문구뿐이었다.

그래, 이제부터 시작이다.

후회 없는 삶을 살 것이다. 나는 4년간의 대학 생활을 불꽃처럼 살 테니 두고 보라.

'총장님 당신의 말씀처럼 나는 이 대학에서 누구보다도 길

고 긴 시간을 보내겠습니다. 일분일초를 일 년처럼 살 것이며,
그 시간을 절대 헛되이 보내지 않을 것을 맹세합니다.'

제5장
그녀

　수강 신청을 하느라 바쁘게 움직였고, 당장 아르바이트 자리도 알아봐야 했기 때문에 일주일이 금방 지나갔다.

　돈이 되는 과외는 대부분 일류 명문대의 차지였는데 남은 자리도 그에게는 돌아오지 않았다.

　마천공고라는 출신 성분이 그의 발목을 잡았기 때문이다.

　학부모들은 박강호가 다니는 대학교는 물론이고 어느 고등학교를 졸업했는지도 집중적으로 캐물었다.

　단기간에 돈을 버는 건 공사장에서 일하는 것이었지만 방학 중이라면 몰라도 학업을 병행하기에는 무리가 따랐다.

등록금을 부모님에게 의지했으니 남은 학비는 모두 자신이 처리해야 한다고 생각했다.

그랬기에 박강호는 한 치의 망설임도 없이 학교에서 조금 떨어진 라이브카페에 취직했다.

특별한 기술이 없는 그에게는 직업의 선택 폭이 그리 넓지 않았다.

그럼에도 라이브카페에 취직한 것은 다른 일보다 보수가 많았고 파트타임으로 일할 수 있어 근무 시간 조절이 가능하다는 장점 때문이었다.

자유 시간이 별로 없었다.

지금 일하는 사람이 다음 주까지만 일한다고 했으니 박강호는 2주 후부터는 카페에 나가 일을 시작해야 한다.

상아탑.

대학을 상아탑이라고 부르는 것은 프랑스의 비평가 샤를 오귀스탱 생트뵈브가 쓴 'tour d'ivoire'라는 표현에서였다.

학자들이 오로지 학문을 연구하는 연구실을, 또는 예술 지상주의의 사람들이 속세를 떠나 오로지 예술만을 즐기는 곳을 가리키는 말이다.

하지만 현재의 상아탑은 학문과 예술만이 아니라 사랑과 우정, 정치와 경제, 인맥을 쌓는 장소로 변한 지 오래되었다.

어느 학교를 나왔느냐에 따라 인생이 결정될 만큼 대한민국의 상아탑은 본래의 취지에서 너무나 많이 변질되어 있었다.

그럼에도 싱그러운 봄날의 캠퍼스는 너무나 아름다웠다.

C대의 캠퍼스 규모는 30만 평에 달했는데 오랜 역사를 자랑하듯 고풍스러운 건물들이 요소요소에 배치되어 있었고, 오래된 조경수와 봄을 맞아 피어난 꽃들이 어울려 한 폭의 그림을 보는 것 같았다.

이제 막 개강했기 때문에 캠퍼스는 활기로 가득 차 있었다.

본관으로 올라가는 도로의 양쪽으로 수많은 동아리가 신입생들을 영입하기 위해 탁자를 가져다 놓고 갖가지 문구를 붙여놓은 채 호객 행위를 하고 있었는데 한꺼번에 떠들었기 때문에 정신이 하나도 없을 정도로 시끄러웠다.

하지만 학생들 중 그 누구도 눈살을 찌푸리는 이는 없었다.

아니, 오히려 학생들은 그것을 즐기며 자기가 속한 동아리를 응원했고, 신입생들은 물건을 고르듯 여기저기 기웃거리며 마음껏 환한 웃음을 터뜨렸다.

박강호는 도서관 옆에서 새로 사귄 친구들과 커피를 마시며 그 모습을 구경했다.

개강을 했지만 상견례를 하는 자리였기 때문에 교수님들은 대부분 인사만 하고 수업을 끝내 시간이 남아돌았다.

오전 11시.

밥을 먹기에는 일렀고 그렇다고 특별히 할 일도 없으니 박강호는 친구들과 함께 햇볕이 따뜻하게 비추는 양지에 옹기종기 모여 지나가는 여대생들을 구경했다.

어쩐 일인지 여대생들은 고3과 확연한 차이가 있었다.

여고생일 때는 아무리 예뻐도 어딘지 모르게 촌티가 흘렀는데 어디를 어떻게 변신시켰는지 박강호의 눈으로 들어온 여대생들은 전부 세련미가 철철 넘쳐흘렀다.

옆에 있는 친구 놈들은 연신 지나가는 여대생들의 외모에 대해서 품평하며 웃음을 실실 흘려댔다.

그의 옆에는 고홍준과 최현승이 앉아 있었는데 둘 다 서울 놈이었다.

고홍준은 삼수를 해서 나이가 두 살이나 많았지만 흔쾌히 친구가 되기를 자청했고, 최현승은 학교에 올라와 제일 먼저 말을 섞은 게 인연이 되었다.

고홍준이 불쑥 입을 연 것은 여학생들이 떼거지로 그의 앞을 지나갈 때였다.

"강호야, 심심하지 않냐?"

"심심하긴 하네. 앞으로 한 시간을 더 기다려야 하는데 이러고 있으려니 힘들다."

"충청도 촌놈이 별소릴 다 하네. 여자들 구경하느라 정신없는 놈이 뭐가 힘들어?"

박강호가 대답하자 중간에서 최현승이 나섰다.

그는 여자들을 구경하느라 고개가 반복해서 돌아가는 박강호와 똑같은 짓을 하면서 연신 군침을 흘리고 있었다.

그는 이대로 있으면서 여자들을 구경하는 것에 상당한 만족감을 느끼는 것 같았다.

최현승의 반응이 시큰둥했음에도 고홍준이 다시 나선 것은 뭔가 음모가 있기 때문임이 분명했다.

"인마, 지금까지는 괜찮았지만 한 시간이나 더 있어야 되잖아. 넌 그러고 싶냐?"

"한 시간 정도야 뭐……."

"까불지 말고, 우리 심심하니까 내기나 하자."

"어떤 내기?"

"가위바위보를 해서 지는 놈이 나머지가 찍는 여자를 꼬셔오는 거야. 어때, 재밌을 것 같지 않아?"

"미친놈."

이번에 대답한 것은 박강호였다.

그는 고홍준의 제안을 터무니없는 짓으로 여겼다.

그러나 최현승이 반색하며 달려들자 분위기가 대번에 바뀌었다.

"그거 죽여주는데? 좋다! 하자!"

두 놈이 재밌겠다며 하자고 덤벼드니 박강호 혼자 거부하는 게 이상해졌다.

놈들이 자신이 없어서 그러는 거냐며 압박을 해왔기 때문에 슬그머니 오기가 동하기도 했다.

그랬기에 제안에 응해서 과감하게 주먹을 냈는데 놈들은 짠 것처럼 보를 내서 그를 황당하게 만들었다.

"삼세판!"

"웃겨. 박강호가 강짜를 부리는군."

"그러게 말이다."

아니라고 부르짖고 싶었으나 이놈들은 벌써 대상을 물색하느라 박강호와 눈조차 마주치지 않았다.

생각 같아서는 무조건 도망가고 싶었지만 두 놈은 이미 양쪽에서 그의 옷깃을 꽉 잡고 있었다.

물론 뿌리치고 튀려면 튈 수도 있었다.

그럼에도 도망가지 않은 것은 도망칠 정도로 큰일이 아니라고 생각했기 때문이다.

이왕 이렇게 된 거, 놈들이 원한 대로 해주면 된다.

놈들이 목표를 찍으면 가서 대충 말이나 붙여보고 돌아올 생각이다.

결과는 당연했다.

어떤 여자가 처음 본 남자가 불쑥 말을 붙이는데 대뜸 따라온단 말인가.

하지만 그런 그의 생각이 순식간에 날아간 것은 부지런히 여자들을 물색하던 고흥준의 입에서 갑자기 탄성 소리가 터져 나올 때였다.

"우와, 대박!"

"왜?"

"쟤 봐라. 빛이 난다."

고흥준의 손가락을 따라 나머지의 눈이 동시에 돌아갔다.

그런 후 가리킨 곳을 확인하자마자 탄성을 터뜨렸다.

다섯 명의 여대생.

그중 고흥준이 가리킨 것은 중앙에서 걸어가는 단발머리 여대생이었다.

정말 그녀의 몸에서는 빛이 나는 것 같았다.

늘씬한 몸매와 아름다운 외모는 지나가는 여대생들 중에서도 발군이었는데 얼핏 봐도 상급생으로는 보이지 않았다.

하지만 박강호는 곧 그녀에게서 시선을 돌린 후 아직도 넋이 빠져 있는 고흥준을 바라보았다.

부담이 백배로 늘어났기 때문이다.

저런 여자에게는 그저 가서 말을 붙이는 것 자체가 엄청난 용기가 필요한 일이었으니 대충 가서 말이나 붙여보겠다는 생각은 이미 하늘 저편으로 날아간 지 오래였다.

"홍준아, 우리 조금 일찍 밥 먹을까?"

"까불지 말고 빨리 가봐."

"어딜?"

"어허, 사나이 한번 한 약속을 양철통으로 만들 셈이냐. 박강호 그렇게 안 봤는데, 이러면 안 되지."

고홍준이 눈을 부릅뜨며 박강호를 째려봤다.

그러자 옆에 있던 최현승이 실실 웃으며 거들었다.

"조금 부담되는 페이스이긴 하지만 난 강호가 잘할 거라고 믿어. 가서 미친놈처럼 얼굴에 철판 척 깔고 미팅이나 하자고 그래. 우린 셋이니까 다섯 다 데리고 오지는 말고. 돈 많이 드니까."

"환장하겠네."

"빨리 가봐. 쟤들 벌써 학생회관으로 들어간다."

어느새 두 놈은 잡고 있던 옷깃을 놓은 채 등을 떠밀고 있었다.

정말 어이가 없는 일이었지만 그렇다고 내기에서 진 것을 부인할 만큼 맛이 가지는 않았다.

그랬기에 박강호는 두 놈을 노려보며 입술을 씰룩거렸다.

이왕 이렇게 되었으니 이젠 죽기 아니면 까무러치기다.

"여기서 꼼짝하지 말고 있어. 정말 데려와서 니들 면상 앞에 쫘악 깔아놓을 테니까 도망갈 생각 하지 마. 그리고 또 한 가지, 내가 데려오면 돈은 너희들이 책임져. 알았지?"

"걱정도 팔자셔. 데려오기나 해."

뛰었다.

이미 그녀는 학생회관 입구까지 도착해 있는 상태라 거리로 따진다면 20m 가깝게 차이가 났다.

늦게 되면 말도 붙이지 못하는 상황이 만들어질 수 있었다.

그녀가 학생회관으로 들어가게 되면 박강호가 아무리 얼굴에 철판을 둘렀어도 속에 있는 이야기를 꺼내지 못한다.

그랬기에 그는 전속력으로 달려가 계단을 올라가는 그녀를 불렀다.

"잠깐만요!"

계단의 폭은 5m에 가까워 많은 사람들이 왕래했기 때문에 박강호가 외치자 여러 쌍의 눈이 한꺼번에 다가왔다.

하지만 처음부터 박강호는 그녀만 보고 있었기 때문에 다른 시선은 자연스럽게 원래대로 돌아갔다.

문제는 그녀만 바라본 것이 아니라 그녀의 친구들이 자신들을 부른 것처럼 빤히 박강호를 쳐다봤다는 것이다.

그녀들은 박강호의 외침에 걸음을 멈춘 후 마치 흥미진진한 영화를 보는 것과 비슷한 시선으로 두 사람을 번갈아 바라보고 있었다.

당황한 것은 윤선아도 마찬가지였다.

친구들과 함께 학생사무실로 가서 수강 신청을 변경하려던 그녀는 누군가를 부르는 소리에 걸음을 멈추고 고개를 돌렸다가 강렬한 시선으로 자신을 바라보는 낯선 사내를 확인했다.

벌써 세 번째다.

대학에 들어온 지 불과 일주일 만에 두 번이나 남자들이 쫓아왔는데 그들이 한 이야기는 모두 똑같았다.

사귀고 싶으니 시간을 내달라는 것과 전화번호를 달라는 것이었다.

물론 싫다고 했다.

남자들이 하는 말은 언제나 거의 패턴이 같았다.

고교 시절에도 많은 남학생들이 따라다녔는데 남자들이 하는 이야기는 대학에 와서도 대동소이했다.

경험이 없다면 모를까, 한두 번이 아니었으니 처음에만 잠깐 당황했을 뿐 시간이 지나자 마음이 차분하게 가라앉았다.

"무슨 일이시죠?"

"잠깐 시간 좀 내주실 수 있습니까?"

"왜요?"

"할 이야기가 있습니다."

"하세요. 들어줄게요."

예상한 것과 같은 이야기다.

그랬기에 윤선아는 들고 있던 책을 가지런히 모으고 냉정한 목소리로 박강호를 쳐다봤다.

의도를 뻔히 알면서도 그렇게 대답한 건 애초부터 싹을 자르기 위함이었다.

그리고 또 하나.

박강호가 여러 사람 앞에서 본론을 이야기할 수 있는 배짱이 있는지 보고 싶었기 때문이다.

이런 경우라면 대부분의 남자들은 얼굴을 붉히고 머뭇거리다가 도망치듯 사라지는 게 대부분이다.

다섯 명의 여자가 빤히 쳐다보는 상황이라면 아무리 심장이 튼튼한 남자라도 후들거리게 마련이니까.

하지만 박강호는 잠시 주춤했을 뿐 물러날 생각이 전혀 없는 것 같았다.

"이름이 뭡니까?"

"예의가 없네요. 숙녀의 이름을 묻기 전에 자기소개부터 하는 게 예의 아닌가요?"

"그렇군요. 죄송합니다. 나는 경영학과에 다니는 박강호라고 합니다."

"이름이 좋네요. 하지만 내 이름은 말씀드릴 수 없어요. 나는 모르는 사람한테 이름을 가르쳐 주지 않거든요. 이젠 말해 보세요. 뭐죠, 용건이?"

어이가 없었다.

먼저 이름을 말해달라고 해서 기껏 말해줬더니 이건 뭐 완전히 뒤통수를 세게 얻어맞은 느낌이다.

그랬기에 이맛살이 하늘로 올라갔지만 박강호는 간신히 참고 용건을 꺼냈다.

여기서 이름 알자고 시비를 벌일 수는 없는 일이기 때문이다.

"지금 제 친구들이 기다리고 있습니다. 그쪽 분을 포함해서 친구분들과 미팅을 하고 싶어 하거든요."

"뚜쟁인가 보죠?"

"뚜쟁이는 아닙니다. 내기에서 졌을 뿐입니다."

"내기라뇨?"

"지는 사람이 추파를 던지기로 했습니다. 보다시피 당신 앞에 서 있는 내가 주먹을 내서 진 사람입니다."

"호호, 가위바위보를 잘 못하시는 모양이네요."

"잘하지는 못하는 것 같습니다. 제가 운과는 별로 친한 편이 아니라서요."

윤선아는 의외의 대답에 자신도 모르게 활짝 웃음을 터뜨렸다.

드라마가 예상치 못한 진행을 거듭할 때 사람들은 흥미를 느끼게 되는데 박강호의 대답은 그만큼 엉뚱해서 그녀를 웃음 짓게 만든 것 같았다.

그녀의 웃음은 한 떨기 장미처럼 화려하고 아름다워서 눈이 다 부실 지경이었다.

그러나 웃었다고 해서 일이 잘 풀리는 건 아니었다.

"무슨 이야긴지 잘 들었어요. 하지만 나는 미팅 같은 거 할 생각이 없어요. 미안하네요."

"이유가 있습니까?"

"아뇨. 그냥 하고 싶지 않을 뿐이에요."

세다.

윤선아의 대답은 직설적이고 조금의 여지도 남기지 않았다.

남자의 미련을 확실하게 자르는 그녀의 태도는 대범할 정도였고 끝까지 박강호에게서 돌리지 않는 시선 또한 만만치 않았다.

도도한 여자다.

그렇다고 해서 거부감이 느껴지는 도도함은 아니었는데 아마도 천성적이거나 자라온 환경 속에서 자연스럽게 몸에 밴 것 같았다.

천천히, 아주 천천히 박강호의 얼굴에서 미소가 피어난 것은 그녀의 눈과 강렬하게 마주친 후였다.

아무리 도도한 여자라도 관심이 없다면 어떤 여자와도 다를 바가 없다.

여자의 도도함에 남자가 위축되는 것은 여자의 사랑을 받기 위해 노력할 경우에만 해당된다.

그렇기에 박강호는 담담한 목소리로 말을 이었다.

"그쪽이 미안해할 일은 아닙니다. 하고 싶지 않은 일을 억지로 할 수는 없으니까요. 어쨌든 고맙습니다. 친구들에게 생색을 내게 해줘서."

"네?"

"이 정도로 대화를 나눴으니 저쪽에서 지켜보는 친구들도 내 노력을 충분히 인정해 줄 겁니다. 처음부터 당신과 어쩌자는 생각을 가진 건 아니었으니 혹시 캠퍼스에서 다시 만나더라도 미친놈 취급만 하지 않았으면 좋겠군요."

"…그럴게요."

"신입생이시죠?"

"그걸 어떻게 알았죠?"

"손에 든 것 보고 알았습니다. 대학 요강은 신입생들만 들고 다니잖아요. 내 이름만 밝힌 게 손해라는 생각은 들지만 대화를 나눠줬으니 그것으로 퉁치는 걸로 하겠습니다. 그럼……"

윤선아는 뒤돌아서 달려가는 박강호를 바라보며 한참 동안 서 있다가 천천히 몸을 돌렸다.

기분이 묘했다.

아쉬운 것 같기도 하고 섭섭한 것 같기도 했으며 은근히 자존심에 상처도 입었다.

지금까지 자신 앞에서 그토록 당당한 남자를 본 적이 없었다.

언제나 남자들은 그녀의 환심을 사기 위해 노력했는데 박강호는 조금의 미련도 남기지 않고 떠나가 버렸다.

뭐 저런 놈이 있지?

아무리 친구들과의 내기 때문에 왔다고 하더라도 직접 눈을 마주치고 이야기를 나눌 때는 달라져야 하는데 박강호는 전혀 그녀와의 감정적인 진전은 생각해 본 적이 없는 것 같았다.

물론 그 이면에는 자신의 냉정함이 있었지만 박강호는 다른 남자들과는 근본적으로 다른 사내였다.

머릿속에 잠시 동안 복잡한 생각이 얽혔지만 내색하지 않았다.

어차피 이 시간이 지나면 금방 잊힐 일이기 때문이다.

하지만 그녀의 생각은 친구들로 인해 금방 깨졌다.

"야, 그 남자 괜찮지 않았어?"

"응, 그 정도면 최상품이지. 대학 들어오자마자 그런 물건을 보다니 오늘 일진이 좋네. 나한테 관심을 갖지 않아서 탈이지."

옆에서 걷던 이민영과 서여진의 대화이다.

그녀들은 윤선아만큼은 아니었지만 상당한 미모를 지녔고 나름대로 특유의 매력을 지녀 남자깨나 울릴 수준은 된다.

유유상종이라더니 여대생들은 예쁜 여자들끼리 뭉치는 모양이다.

그녀들은 대화를 나누면서 이미 박강호의 모습은 사라진 지 오래임에도 습관처럼 뒤를 돌아보며 아쉬움을 지우지 못했다.

이민영이 걸음을 멈추고 대뜸 물은 건 그만큼 궁금했기 때문일 것이다.

"선아야, 나 정말 궁금해서 그러는데, 그 정도로 괜찮은 남자도 마음에 안 차는 거냐?"

"차고 말고가 어디 있어?"

"우리 고등학교 때 꿈이 뭐였니. 대학교에 가서 백마 탄 왕자를 만나는 거였잖아. 너희들, 안 그랬어?"

"그거야 당근이지."

"저 남자는 어떤 놈팽이보다 훌륭한 사이즈와 외모를 가지고 있잖아. 그런데도 넌 일거에 찼단 말이지. 말해봐, 그 이유가 뭔지. 충분히 수긍되는 이유를 말한다면 네 싸가지 없는 행동을 용서해 줄 의향이 있다."

"호호, 그게 그렇게 궁금해?"

"빨랑 말 안 해?!"

"우리 엄마가 여자는 절대 쉽게 주면 안 된다고 했어. 그게 이유다."

"쟤가 언제 너랑 자자고 그랬냐?"

"말이 그렇다는 거지. 여자는 일단 튕겨야 한다고 배웠다. 무조건. 그래야 남자들은 몸이 달아서 온갖 정성을 다 바치거든."

"지랄한다."

"너희들도 배워봐. 어떤 놈이 와도 쉽게 보여서는 안 되니까 무조건 튕겨."

"흥, 미친년. 난 저 정도 사내놈이 오면 팬티 벗고 환영할 거다. 그러니까 너나 실컷 튕겨."

이민영이 코 평수를 넓히며 씩씩거렸다.

그녀는 박강호가 자신에게 오지 않고 윤선아한테 갔다는 것이 억울한 모양이다.

주위에서 걷던 친구들이 모두 폭소를 터뜨린 건 이민영과 같은 마음에서 비롯된 게 분명했다.

서여진의 입이 불쑥 열린 것은 일행의 웃음이 잦아들 때였다.

"그럼 저런 경우는 어떻게 해야 되는 거니? 일단 튕겨봤는데 싸가지 없이 저렇게 그냥 홱 가버리면 어쩌냐고?"

박강호가 돌아오자 친구들이 펄쩍 뛰며 자리에서 일어났다.

　놈들은 한동안 여자들과 대화를 나누고 돌아온 박강호가 혹시라도 기쁜 소식을 전해주지 않을까 잔뜩 기대하는 얼굴이다.

　"어떻게 됐냐?"

　"어쩌긴 뭐가 어째. 당연히 차였지."

　"꽤 오랫동안 얘기했잖아. 그런데도 차였단 말이냐?"

　"미팅하고 싶지 않단다."

　"왜?"

　"그냥 싫대."

　"혹시 네가 마음에 들지 않아서 그런 거 아냐?"

　말도 안 되는 이야기였지만 고홍준의 표정이 워낙 진지했기 때문에 박강호의 얼굴이 슬쩍 일그러졌다.

　"듣고 보니 그럴 수도 있겠다."

　"우씨, 이럴 줄 알았으면 이빨 튼튼하고 잘생긴 현승이를 보내는 건데. 패착일세, 패착이야."

　"야, 그만해. 나도 최선을 다했어."

　"그럼 뭐해, 실패하고 왔는데."

　"누가 가도 마찬가지였을 거야. 막상 앞에 서니까 도도함으로 똘똘 뭉쳐 있던데. 남자를 아주 우습게 아는 것 같았다."

"걔는 뭐 이슬만 먹고 산대? 혹시 남자 없이 혼자서 애 낳을 수 있느냐고 물어보지 그랬어?"

"아주 지랄을 한다."

"좋아, 걔는 그렇다 치고… 친구들은? 친구들도 꽤 예쁘던데 친구들도 싫대?"

"미친놈아, 하나가 튕겼는데 나머지가 난 괜찮다고 달려들 것 같아? 말이 되는 소리를 해!"

"하긴, 그렇긴 하지."

고홍준이 아쉽다는 표정을 지우지 못하고 어쩔 수 없이 수긍하자 옆에 있던 최현승이 불쑥 나섰다.

놈은 고홍준의 말처럼 귀공자 스타일에 옷도 잘 입었고 이빨마저 강해 여자에게 무척 강한 놈이었다.

"그러니까 무작정 달려갈 게 아니라 작전을 세우고 갔어야지. 넌 병법도 안 읽었어? 적을 알고 나를 알아야 전쟁에서 이기는 법인데 그게 뭐 하는 짓이냐고. 대뜸 미팅하자고 그러면 어떤 미친년이 좋다고 따라와? 그나저나 보기 드문 꽃들이었는데 정말 아깝네."

"인마, 그 정도면 내기에 진 대가로는 충분하지 않았어? 주먹 한번 잘못 낸 죄로 그 많은 여자들 앞에서 쪽팔림 당했으면 됐지 얼마나 더 바라는 거야?"

"크크크, 아쉬워서 그러지."

"그만하고 슬슬 밥이나 먹으러 가자. 오후 수업 들어가야 하잖아."

생긴 것답지 않게 괴소를 흘리는 최현승의 등짝을 소리 나게 두들긴 박강호가 먼저 엉덩이를 털고 일어났다.

벌써 11시 30분이 훌쩍 넘었기 때문에 오후 수업을 받기 위해서는 서둘러야 했다.

다른 곳보다 훨씬 싼 가격으로 식사를 할 수 있는 학생 식당은 언제나 학생들로 인산인해를 이루기 때문에 지금 가도 줄을 설 정도로 북적일 테니 서두를 필요성이 있었다.

밥을 먹고 오후 수업이 시작되었으나 교수님들은 오전처럼 간단히 인사하고 학기의 수업 방향만 제시한 후 수업을 파했기 때문에 박강호와 친구들은 또다시 캠퍼스를 전전해야만 했다.

앞으로도 두 과목이나 더 남아 있기 때문에 집에 돌아가는 건 물론이고 캠퍼스조차 벗어나지 못했다.

어쩔 수 없이 양지바른 곳에 앉아 있던 고홍준의 입이 불쑥 열린 것은 그 좋은 눈으로 어딘가를 맹렬히 바라보고 난 후였다.

"야, 쟤들 아까 걔들 아니냐?"

"어디… 맞네, 맞아."

탄성과 같은 질문에 최현승이 맞장구를 쳤다.

놈은 계속해서 자신이 가지 못한 것을 아쉬워했는데 다시 먹잇감을 발견하자 금방이라도 여자들에게 달려갈 것처럼 보였다.

놈의 태도에 박강호의 고개도 따라서 여자들을 향했다.

여전히 아름다운 모습으로 여자들은 오색으로 꾸며진 플래카드 아래 서 있었는데 멀리서 봐도 신선함이 풀풀 풍겨 나왔다.

친구 놈들은 대학교를 여자 꼬시러 들어온 것처럼 행동하면서 정신을 차리지 못했지만 박강호는 그들을 탓하지 않았다.

청춘이니까.

청춘은 글자대로 해석하면 푸른 봄을 의미하는 단어이다.

사계절의 시작을 알리는 봄은 온 천지가 푸르름으로 뒤덮이고 만물의 소생을 알리는 계절이었으니 청춘이 여자를 탐하는 것은 어쩌면 당연한 일이었다.

자신도 마찬가지다.

찢어지게 가난한 집안에서 태어나지 않았다면 그들처럼 아름다운 여자들을 바라보며 행복한 상상의 날개를 펼 수도 있었을 테니 말이다.

벌떡 일어선 최현승이 고홍준을 잡아 일으킨 것은 여자들이 반대 방향으로 걸어가며 점점 멀어질 때였다.

"가자!"

"어딜?"

"봐라. 쟤들이 어디 있었나 생각해 봐."

"동호회! 와우, 머리 좋은 놈!"

"그래, 아무래도 쟤들 저기에 가입한 거 같다. 한참을 서 있다가 뭔가를 쓰지 않았어?"

그랬던 것 같다.

여대생들은 한참 동안 재잘대다가 하나씩 종이를 받아 든 후 뭔가를 적었다.

지금 학교는 동아리의 열풍이 한창이었다.

선배들은 물론이고 심지어 부모들까지 나서서 좋은 동아리에 들어야 대학 생활을 풍요롭게 보낼 수 있다고 충고했기 때문에 이제 막 입학한 신입생들은 수업이 없는 시간이 되면 자신에게 맞는 동아리를 구하느라 정신이 없었다.

분명 그녀들도 같은 생각이었을 것이고, 뭔가를 썼다는 것은 저 동아리에 가입했을 가능성이 컸다.

최현승의 닦달로 인해 일행이 도착한 곳은 '클래식 기타반'이라는 플래카드가 예쁘게 걸린 탁자 앞이었다.

탁자의 좌우에는 기타가 세워져 있었고 한편에서는 안경을 낀 남자가 로망스를 연주하고 있었는데 여심을 홀리기에 충분할 정도로 감미로웠다.

유인책이다.

동호회마다 최대한 신입생을 영입해야 하기 때문에 그들은 호객 행위를 마다하지 많았는데 클래식 기타반은 연주로 그것을 대신하고 있었다.

일행이 탁자의 앞에 서자 의자에 앉아 있던 여대생이 동호회의 특성에 대해서 설명하기 시작했다.

박강호는 기타에 대해서도 제법 일가견이 있었다.

그러고 보면 타이거에 가담해서 방황한 시간 동안 인생에 도움이 되는 것들을 몇 개 배웠는데 그중 하나가 바로 기타 연주였다.

기타를 배운 이유는 간단했다.

남들은 잘 모르지만 박강호는 수준급의 노래 실력을 가지고 있었다.

기타를 치면서 노래를 부른다는 것은 상상하는 것보다 스스로에게 훨씬 커다란 기쁨을 주었는데 박강호는 그것을 현실에서 도피하는 수단으로 삼았던 것이다.

기타에는 두 가지 종류가 있는데 통기타와 클래식 기타였다.

통기타는 가수들이 주로 쓰는 기타로서 피크를 활용하기 때문에 현에 강한 쇠줄이 사용되고 넥의 폭이 좁은 반면, 클래식 기타는 아르페지오를 주로 하기 때문에 현을 나일론으로 쓰고 넥의 폭도 넓다는 차이가 있었다.

박강호는 주로 통기타를 쳤지만 그들 앞에 있는 동호회는 연주를 주로 하는 클래식 기타반이었다.

여자가 열정적으로 설명하고 있었으나 고홍준과 최현승의 모든 관심은 윤선아 일행이 클래식 기타반에 가입했는지를 확인하는 것이었다.

어차피 동호회에 가입하려고 한 이상 예쁜 여대생들과 같이할 수 있다면 금상첨화란 생각을 가진 게 분명했다.

그들이 쭈그리고 앉아 가입 원서를 쓴 데는 불과 5분도 걸리지 않았다.

최현승의 닦달로 인해서였는데, 눈치가 빠르고 행동이 민첩한 그는 어느새 신입 회원 가입 원서 속에서 연이어 예쁜 글씨로 쓰인 여자들의 가입 원서를 확인한 후였다.

고등학교와 다르게 대학 수업은 중간에 비는 시간이 많았지만 그 시간을 활용하는 것은 거의 불가능에 가까웠다.

빈 시간이 한꺼번에 몰려 있다면 그 시간 동안 일을 할 수 있을 텐데 수업이 한두 시간 간격으로 배치되었기 때문에 학교에 있는 동안은 아무것도 할 수가 없었다.

최현승의 강압에 못 이기는 체 동호회에 가입한 것은 그런 이유와 기타를 배워보고 싶다는 순수한 욕망이 있었기 때문이다.

기타의 종류는 다르지만 통기타를 수준급으로 치는 박강호에게는 클래식 기타 역시 매력적인 악기였다.

일분일초를 일 년처럼 살겠다는 마음속의 결심은 특정한 무언가에 한정된 것은 아니었다.

부모님의 부담을 덜어주기 위해 등록금과 용돈을 스스로 벌어야 하지만 그런 것을 위해 공부를 희생하거나 자신의 삶을 힘들게 만들 생각은 조금도 없었다.

어려운 역경 속에서 대학에 들어왔고, 자신의 등에 얹힌 인생의 짐이 꽤나 무거운 건 사실이지만 그럼에도 그 속에서 하나씩 행복을 찾아간다면 4년간의 대학 생활은 충분히 행복해질 거라 생각했다.

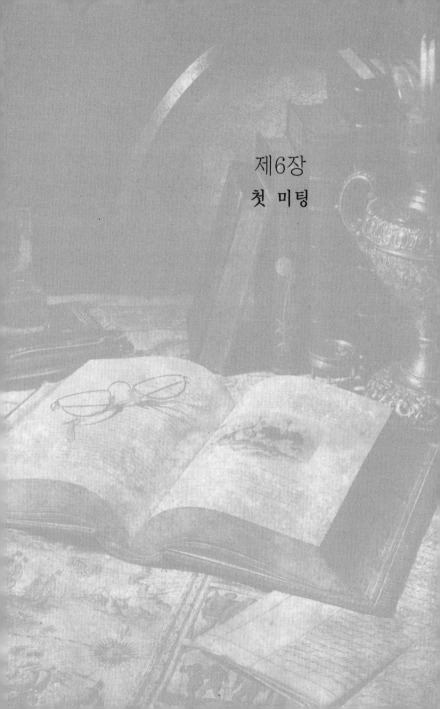

제6장
첫 미팅

제물포에서 학교까지는 무려 1시간 30분이 걸렸다.

지하철로 꼬박 한 시간이 걸렸고, 버스로 환승해서 30분을
더 가야 학교가 나왔기 때문에 1교시가 있는 날이면 최소 7시
에 출발해야 지각을 면할 수 있었다.

그러나 무엇보다도 힘든 건 지하철 1호선의 무시무시한 인
파 때문이었다.

지옥철.

말 그대로 사람들이 콩나물시루처럼 빽빽하게 들어차 숨을
쉬기조차 어려울 정도인 출퇴근 시간의 전철은 그야말로 전쟁

터나 다름없었다.

오늘로써 학교를 다닌 지 정확하게 1주일이 되는 날이었지만 플랫폼으로 들어오는 전철을 바라본 박강호는 침을 꿀꺽 삼켰다.

오늘은 어느 때보다 사람이 많은 월요일이었기 때문에 각오를 단단히 할 필요성이 있었다.

그나마 다행인 것은 인천이 종착역이기 때문에 탈 때만큼은 여유가 있다는 것이다.

물론 세 역 정도 지나면 콩나물시루로 변하겠지만 그동안은 차창 밖을 바라볼 수 있는 여유를 가질 수 있어 좋았다.

전철에서 보는 차창 밖의 풍경은 서울 사람들이 보여주는 각박함과 다르게 더없이 평화로워 박강호는 전철을 타면 언제나 출입구가 있는 차장에 기대서서 창밖을 바라보았다.

하지만 그것도 잠시뿐이었다.

전철이 서울에 가까워질수록 무지막지하게 사람들이 밀려들기 때문에 그런 여유는 그리 오래가지 않았다.

처음에는 밀려드는 사람들의 힘에 순응하면서 중앙 통로까지 밀려났지만 첫날 노량진에서 내리지 못하고 지각을 한 후에는 절대 그래서는 안 된다는 것을 깨달았다.

그랬기에 강호는 차장에 기대어 창밖을 보다가 사람들이 밀려들기 시작하면 입구의 지지대를 잡고 버티는 전술을 썼다.

창밖을 바라보는 여유를 뺏기게 되면 강호는 그때부터 사람들을 구경하기 시작했다.

정말 세상에는 갖가지 사람이 많았다.

키가 큰 사람, 작은 사람, 뚱뚱한 사람이 있는 반면 마른 사람, 잘생긴 사람도 많았지만 못생긴 사람도 그에 못지않게 많았다.

언제나 전철 안은 수많은 군상이 한 공간에 모였지만 그들이 웃는 건 보기 어려웠다.

옆의 사람이 내뿜는 숨결까지 느낄 수 있는 곳에 모인 사람들은 최대한 무표정으로 이 시간이 빨리 지나기를 바라고 있었다.

오늘도 사람들을 구경하던 박강호는 부평역에서 들어온 20대 후반의 여인을 확인하고는 놀란 눈을 숨기지 못했다.

검은 정장 치마에 백색의 블라우스를 받쳐 입은 여인의 가슴에 유두 자국이 고스란히 드러나 있는 것이다.

노브라.

자신보다 나이가 두 살 많은 고홍준은 술을 마실 때마다 강남역 뒤에 가면 노브라로 다니는 여자들이 많다면서 언제 한번 데려가겠다며 큰소리를 쳤다. 하지만 믿지 않았는데 직접 눈으로 확인하자 입술이 바짝바짝 말라올 정도로 긴장되었다.

못생겼거나 몸매가 아니었다면 풀썩 웃어버리고 말았겠으나 여자는 쉽게 볼 수 없는 미인이었다.

자신도 모르게 자꾸 눈이 가서 억지로 참으며 고개를 돌리지 않으려 노력했다.

대놓고 봤다가는 잘못하면 치한으로 몰릴 수도 있기 때문이다.

몸을 지탱하고 있던 지지대를 뺏긴 것은 옆으로 들어온 아줌마가 균형을 잡지 못하고 자꾸 비틀거렸기 때문이다.

아줌마는 40대 후반으로 보였는데 서 있는 것을 힘들어하는 것이 표정으로 극명하게 나타나고 있었다.

그랬기에 슬그머니 지지대를 양보하고 뒤쪽으로 물러났다.

재밌는 건 흰 블라우스의 여인이 어느새 한 사람 건너에 서 있다는 것이었다.

여인은 사내들이 자신을 힐끔힐끔 보고 있다는 것을 충분히 인식하고 있는 것 같았다.

그럼에도 그녀는 정면으로 시선을 고정한 채 단정한 모습으로 서 있었는데 밀려드는 사람으로 인해 조금씩 박강호가 있는 쪽으로 이동되어 온 것이다.

일부러 그런 걸까, 아니면 너무 서두르느라 샤워를 하고 나서 잊어버리고 그냥 나온 걸까?

여인의 단정한 모습과 얼굴을 본다면 분명 OL이었는데 브

라를 하지 않았다는 걸 알고부터는 별별 생각이 다 들었다.

박강호의 인생에서 절대 잊을 수 없는 사건이 발생한 것은 부천을 막 통과할 때였다.

몸을 움직이지 못할 만큼 사람들로 꽉 들어찬 전철이 출발하다 말고 갑자기 정지한 것이다.

사람들이 한쪽으로 쏠렸다가 다시 반대 방향으로 이동된 것은 순식간에 벌어진 일이었는데 박강호의 손은 그녀의 가슴과 밀착된 채 꼼짝하지 않고 있었다.

물컹!

한없이 부드러운 물체가 손의 감각을 타고 뇌로 흘러들었다가 심장으로 틀어박혔다.

그 감각을 받은 심장이 무섭게 뛰기 시작했고, 충격으로 뇌는 잠시 동안 기능을 상실하고 말았다.

일부러 그런 것은 아니다.

더군다나 전철이 다시 움직였기 때문에 빼내려고 안간힘을 썼지만 사람들의 틈에 교묘하게 낀 팔은 쉽게 빠져나오지 않았다.

얼굴은 시뻘겋게 변해갔고 어떻게든 손을 떼려고 했지만 오히려 그것이 여자의 가슴을 만지는 꼴이 되고 말았다.

정말 미치고 환장할 일이란 건 이런 상황을 두고 말하는 모양이다.

웃긴 것은 여자의 태도였다.

낯선 남자의 손이 자신의 가슴을 터치하고 있음에도 여자는 단정한 자세를 흩뜨리지 않고 강호의 손이 빠져나가기를 기다리고 있었다.

대단한 인내심이고 강단을 지닌 여자였다.

전철에서 어떻게 내려 버스를 타고 학교로 왔는지 기억조차 나지 않았다.

의도치 않게 만지게 된 여자의 가슴.

그리고 그 감촉에 사로잡힌 박강호의 정신은 반갑게 알은척을 하는 고홍준과 최현승의 손짓을 본 후에야 간신히 정상으로 돌아왔다.

쉬는 시간에 자신이 겪은 일을 놈들에게 이야기하자 믿으려 하지 않았는데 특히 고홍준은 거품을 물어댔다.

"야, 인마. 너 자꾸 거짓말하면 죽는다. 충청도에서 올라온 촌놈이라고 무조건 믿어줬더니 점점 못 하는 말이 없어."

"환장하겠네. 내가 뭐하러 거짓말을 한단 말이냐?"

"그럼 네가 한 말이 거짓말이란 걸 상식적으로 증명할 테니까 들어봐."

"좋다."

"첫째, 노브라의 여인치고 너무 예쁘고 완벽한 몸매를 가졌다는 사실이 듣는 사람으로 하여금 신빙성을 잃게 만든다. 네가 여인의 품질을 한 단계 정도만 내렸어도 어쩌면 믿었을지 몰라."

"다음은?"

"둘째, OL이라면 출근하는 중이었을 텐데 노브라로 회사를 간다는 게 이해가 돼? 너는 여기서 또 하나의 실수를 했어."

"미치겠군."

"세 번째는 가장 학문적인 건데 네가 작용, 반작용에 관한 이론을 염두에 두지 않았다는 거야. 네 말은 여기서 확실하게 거짓말로 드러났어. 네 말대로 전철이 갑자기 섰다면 팔이 그녀에게 갈 수도 있다. 그러나 반작용으로 인해 갔던 팔은 다시 돌아와야 해. 그렇지 않아?"

"그건 맞는데, 안 돌아온 팔이 내 탓이냐?"

"크크크, 귀여운 놈. 어쨌든 형들 즐겁게 해주기 위해서 소설 쓴 건 기특했다. 교수님 들어오신다. 들어가자."

억울했지만 억울해하지 않기로 했다.

그런 경험을 해보지 못한 놈들에게 계속 말해봤자 입만 아프니까 그냥 혼자 비밀스러운 추억으로 남겨놓을 생각이다.

수업은 거침없이 흘러 4교시가 순식간에 끝이 났다.

시간의 흐름을 잊은 것은 워낙 집중했기 때문이다.

교양 과목을 시작으로 경영학원론까지 연속으로 수업이 진행되었지만 박강호는 잠시도 다른 생각을 하지 않고 무서운 집중력을 발휘했다.

이제 일을 시작하게 되면 남들보다 공부할 시간이 줄어들게 된다.

그것을 만회하는 방법은 수업 시간에 최대한 집중하는 것이고, 틈틈이 시간이 날 때마다 예습과 복습을 반복하는 것밖에 없었다.

"자, 조용. 할 말이 있으니까 잠시 조용하세요."

과대표가 불쑥 단상으로 나가 소리를 지른 것은 박강호가 책상을 정리하고 가방에 책을 넣을 때였다.

그는 손뼉까지 치면서 학우들의 집중을 요구하고 있었는데 얼굴에는 웃음이 잔뜩 들어 있었다.

"내가 과대표로 출마하면서 공약한 단체 미팅이 성사되었습니다. 시간은 이틀 후인 수요일이고 상대는 D여대 무용과입니다. 그녀들이 얼마나 예쁜지는 들어서 잘 알 테니까 설명은 더 이상 하지 않겠습니다. 우리가 대학교에 들어와 하는 첫 미팅인 만큼 열외는 한 명도 없습니다. 다만 누구라도 인정할 수밖에 없는 상황이 있어서 참석이 어려운 사람은 나한테 직접 말해주길 바랍니다. 이상!"

지금 쓰고 있는 돈은 이불을 들쳐 메고 서울로 가는 아들을 위해 어머니가 아끼고 아껴 숨겨놓은 돈이 분명했다.

돈은 손아귀에 잡힐 정도로 여러 번 접혀 있었는데 꽤나 두툼했음에도 많지는 않았다.

지하철 정기권과 버스비, 그리고 점심값을 제하고 나면 남는 게 거의 없어 한 달을 빠듯하게 살아야 할 정도였다.

새 책을 산다는 건 말도 안 되는 일이었다.

대부분의 책은 복사를 해서 공부했고 반드시 필요한 기초 전공 책만 샀는데 누나가 대학에 입학한 기념으로 준 용돈은 거기에 다 들어갔다.

미팅.

고교 시절 대학을 들어가기 위해 공부에 미쳤을 때 친구들은 미팅이라는 환상을 꿈꾸며 그 고통을 이겨내곤 한다.

박강호도 마찬가지였다.

대학의 낭만 속에는 미팅이라는 것이 커다란 비중을 차지하고 있었으니 그 단어만 들어도 마음이 설레었다. 그러나 막상 현실의 벽에 부딪치자 난감함이 몰려왔다.

이제 자신의 수중에 남은 돈은 통학을 하는 데 필요한 교통비와 점심값을 제하고 나면 무일푼에 가까웠다.

미팅이란 단어가 갖는 환상 때문에 고홍준과 최현승이 환성을 터뜨릴 때 같이 웃긴 했으나 막상 눈앞으로 닥쳐오자 고민이 커졌다.

미팅 참가비는 겨우 낼 수 있었지만 그 이후로는 아무것도 할 수 없었기 때문에 자칫 부끄러운 일을 당할 수도 있었다.

생각이 많아졌고, 마음속에서는 갈등이 지들 마음대로 치고받았다.

그러나 박강호의 고민은 그리 길지 않았다.

최선을 다해 산다는 것.

비록 지금은 조금 어려울지라도 대학의 낭만이 시작되는 첫 미팅부터 현실의 벽에 부딪쳐 좌절하는 모습은 스스로뿐만 아니라 그 누구에게도 보이고 싶지 않았다.

시간은 화살처럼 지나가 수요일은 금방 다가왔다.

고홍준과 최현승을 비롯한 학우들은 수요일이 되자 때 빼고 광낸 모습으로 등교했는데 첫 미팅에 대한 기대에 아침부터 몸살을 앓았다.

충분히 그럴 만한 일이었다.

미팅 상대로 정해진 D여대의 무용학과 학생들은 특급으로 소문날 만큼 예쁜 여자들이 많았기 때문이다.

무언가를 기다리는 사람들은 더디게 가는 시간을 원망하는 경우가 많은데 경영학과 학생들은 오늘 전부 그런 경우에 해당되었다.

3년 동안의 무자비한 압박에서 벗어나 첫 미팅을 기다리는 청춘들은 강의를 듣는 둥 마는 둥 하며 모든 강의가 끝나기만을 학수고대했다.

닭의 모가지를 비틀어도 새벽이 오는 것처럼 지독한 지루함을 뚫고 모든 강의가 끝나자 학생들의 입에서 동시에 함성이 터져 나왔다.

이젠 간다. 내 님을 찾으러.

과대표가 앞으로 나서서 시간과 장소를 알려주며 당장 출발하라는 오더를 내리자마자 박강호를 비롯해 고홍준과 최현승은 책가방을 들고 즉시 강의실을 빠져나왔다.

"어우, 떨려."

"떨리긴 뭐가 떨려? 그냥 편하게 하면 돼."

"이 자식은 지가 무슨 무림의 고수처럼 말하고 있어. 강호야, 너도 떨리지?"

"쩝, 조금 긴장되긴 한다."

박강호가 수긍하자 고홍준이 최현승을 바라보며 인상을 긁었다.

그는 도사처럼 편안하게 한쪽 귀에다 이어폰을 낀 채 눈을 감고 있는 최현승을 잔뜩 못마땅한 시선으로 째려봤다.

미팅 장소는 두 학교의 중간 지점인 종로였고, 차가 없는 학생들은 모두 버스를 이용했기 때문에 지금 타고 있는 버스에는 미팅에 참석하기 위해 빠져나온 경영학과 신입생들로 가득찬 상태였다.

놈들은 삼삼오오 몰려서 미팅에 관한 이야기를 하고 있었는데 내용은 대동소이했다.

최현승이 슬며시 감고 있던 눈을 뜨면서 박강호를 바라본 것은 버스가 한강대교를 넘어갈 때였다.

"우리 형이 그러는데, 미팅은 혹시나 하고 갔다가 역시나 하면서 돌아오는 거래."

"기대하지 말라는 뜻이냐?"

"그렇지. 너무 큰 기대를 하면 실망도 크니까 적당히 즐기고만 오면 된대. 인생은 첫술에 배부른 게 아니라고."

"걱정 마. 그렇지 않아도 그럴 생각이다."

"얼씨구! 이것들이 전부 도 닦은 놈들 같네. 강호야, 저놈 말 듣지 마라."

"왜?"

"미팅은 말이야, 성의를 가져야 성공 가능성이 크다고 했어. 간절히 원하는 마음, 그런 마음을 가져야 된다니까. 돼도 그만 안 돼도 그만인 마인드로 가면 폭탄 맞을 가능성이 크다고."

"헐!"

"그러니까 간절히 기도해. 따라 해봐. 하늘에 계신 하나님 아버지, 저에게 오늘 최고로 예쁜 퀸카를 선물해 주시옵고, 그녀가 저의 매력에 흠뻑 빠져 정신을 차리지 못하게 하여주시기를 간절히 바라옵나이다. 아멘!"

"너 교회 다녀?"

"아니."

"그런 놈이 무슨 기도를 하고 그래?"

"인마, 원래 사람들은 필요한 게 있으면 하나님한테 전화도 걸고 편지도 쓰고 그러는 거야."

고흥준의 익살은 알아줘야 했다.

놈은 긴장된다면서 자꾸 박강호에게 말을 붙여왔지만 표정은 말과 달리 꽤나 여유로워 보였다.

하긴 삼수하는 동안 열댓 번도 넘게 미팅을 해본 경험이 있다고 했으니 그가 긴장한다는 건 말이 되지 않았다.

종로에 도착해서 커피숍으로 들어가자 온통 학생들로 가득 찬 것이 눈에 들어왔다.

학생 중 반은 같은 과 놈들이고 나머지 반은 늘씬한 여대생들이었는데 홀의 복도를 중심으로 정확하게 반으로 갈라 앉아 있었다.

언뜻 봐도 수질이 달랐다.

C대에도 예쁜 여학생이 많았지만 이곳은 완전히 꽃밭이나 다름없었다.

무용학과라고 하더니 몸매가 거의 예술이다.

과팅이었기 때문에 커피숍 전체를 빌려서 그런지 다른 손님은 하나도 보이지 않았다.

과대표가 카운터 쪽으로 나간 것은 몇 번이나 인원 체크를
끝낸 후였는데 그 옆에는 여학생이 파트너처럼 붙어 있었다.

한눈에 봐도 여대 측 과대표인 게 분명했다.

"자, 그럼 지금부터 무작위로 상자에 있는 번호를 뽑겠습니
다. 아무리 마음에 드는 상대를 발견했을지라도 행사에 방해
가 되는 반동적인 행동을 하면 즉결 처분할 테니 목숨이 하
나뿐이라는 걸 감안하시고 자제해 주시기 바랍니다. 단, 이
자리가 끝나고 나면 죽이든 살리든 말리지 않을 테니 알아서
하십시오."

정말 간단한 방법이었다.

남자와 여자의 숫자만큼 번호를 써놓고 같은 번호를 뽑은
사람들끼리 파트너가 되는 단순한 방법인데, 그럼에도 막상
과대표들이 번호 통을 들고 다가오자 홀 안은 긴장감으로 가
득 찼다.

박강호는 종이를 열어 번호표를 확인하고는 가볍게 한숨을
내뿜었다.

37.

섯다로 따지면 망통으로 아무도 못 이기는 번호다.

최현승이 슬쩍 입을 연 것은 박강호가 종이를 다시 접어서
손에 쥘 때였다.

어느새 놈은 박강호의 번호를 본 모양이다.

"망통이네. 나도 28번 망통이다. 그래도 실망하지 말자. 망통이 갑오를 이기는 경우도 있으니까."

"크크크, 설마 망통이 갑오를 이기겠냐. 그런 일은 세상이 뒤집혀도 없을 거다."

이번에 나선 고홍준이었다.

놈은 18번을 손에 쥐고 있었는데 번호표를 연신 바라보며 오늘 일진이 좋다는 듯 함박웃음을 흘리는 중이다.

사람들이 천천히 이동하기 시작한 것은 과대표들의 진행으로 인해 파트너가 정해지기 시작했기 때문이다.

1번부터 시작된 남녀가 맨 앞쪽부터 자리를 채우고 앉았는데 번호가 불릴수록 긴장감이 커졌기 때문에 홀에는 정적마저 감돌았다.

18번 갑오를 뽑은 고홍준이 빠져나갔고, 28번을 쥔 최현승도 자리를 찾아갔다.

망통이 갑오를 이겼다.

최현승의 파트너는 고홍준의 파트너보다 훨씬 예뻤기 때문에 자리를 빠져나가면서 놈은 주둥이가 찢어질 만큼 커다란 웃음을 흘렸다.

계속되는 호명에 결국 박강호의 차례가 다가왔다.

침이 저절로 삼켜졌고, 파트너가 될 사람에 대한 궁금증으로 두 눈이 크게 떠졌다.

하지만 자리에서 일어나 복도로 나갈 때까지 여자들이 앉아 있던 곳에서는 아무도 일어서지 않았다.

당황스러워 일어선 채 그대로 서 있었다.

지금까지는 번호가 불리는 순서에 따라 남녀가 일어나 빈 자리를 채웠는데 박강호의 순서에서 여자가 일어나지 않았기 때문에 홀이 잠시 웅성거렸다.

그때 소란을 잠재우며 중앙에 앉아 있던 여학생이 불쑥 입을 열었다.

"그쪽 파트너는 잠시 화장실에 갔어요. 먼저 가서 앉아 계시면 곧 갈 거예요."

"아, 네. 고맙습니다."

다행이다.

멀리서 지켜보다 자신이 마음에 들지 않아 도망간 게 아니라는 사실만으로도 쿵쾅거리던 가슴이 진정되었다.

정말 그랬다면 쪽팔려서 죽었을지도 모른다.

천천히 걸어 자리에 앉은 후 탁자에 놓인 물을 조금씩 마셨다.

타오르는 갈증을 생각한다면 단숨에 들이켜야 했으나 박강호는 입술만 축이고 물 잔을 내려놨다.

그의 눈은 출입구에 고정되어 있었다.

화장실에 갔다고 했으니 그녀는 분명 출입구를 통해 들어올 것이기 때문에 시선이 자연스럽게 그쪽에 고정되었다.

하지만 그녀는 박강호가 전혀 예상하지 않은 곳에서 거짓말처럼 나타났다.

"안녕하세요!"

뒤에서 들려온 소리에 강호는 반사적으로 벌떡 몸을 일으켰다.

단발머리, 그리고 샛별 같은 눈, 앵두를 닮은 입술.

그녀는 미팅을 위해 이곳에 나타난 경영학과 늑대들이 전부 눈독을 들이고 있던 최고 퀸카 중의 한 명이었다.

물론 박강호도 그녀를 보았다.

그녀는 수많은 여대생 중에서도 독보적이라고 할 만큼 아름다운 미모를 자랑하고 있었다.

여복일까?

여복이라고 말하기는 그렇다.

그가 대학에서 말을 건넨 사람은 윤선아가 다였으니 그냥 운이 좋았다고 말하는 게 맞겠다.

"안녕하세요. 저는 박강호라고 합니다."

"유혜진이에요."

박강호의 인사에 그녀가 가볍게 고개를 까닥인 후 먼저 자리에 앉았다.

그때서야 박강호는 유혜진의 모습을 조심스럽게 관찰했다.

멀리서 봤을 때는 잘 몰랐는데 막상 앞에 앉자 그녀의 세련된 옷차림이 먼저 눈으로 들어왔고, 곧이어 신입생이라고 생각되지 않을 만큼 진하게 화장을 한 얼굴이 다가왔다.

제법 진한 화장이었음에도 그녀의 외모를 돋보이게 만든 건 최고급 재질과 세련된 화장 기술이 조합되었기 때문이다.

그렇다면 이건 스스로 한 것이 아니라 뷰티숍의 도움을 받았다는 뜻이다.

자신도 모르게 입안이 말라와 물 잔을 들었다가 한 모금 마신 후 조심스럽게 내려놨다.

유혜진은 긴장이 될 정도로 아름다운 여자였다.

"놀랐습니다. 번호를 불렀는데도 나오지 않아서요."

"친구가 화장실에 갔다고 하지 않았나요?"

"제가 당황하니까 어떤 여자분이 그렇게 말하더군요."

"그 말 그대로 믿었어요?"

"무슨 말인지……?"

박강호가 어리둥절한 표정을 짓자 유혜진의 얼굴에서 환한 웃음이 피어났다.

그녀는 박강호의 반응을 무척이나 재밌어하는 것 같았다.

"여자는 말이죠, 이런 경우에는 절대 화장실을 가지 않아요. 중요한 순간이 오기 전에 철저히 준비하는 게 여자들의 습성이거든요."

"그런데… 왜?"

"솔직히 말해도 돼요?"

"네, 그러세요. 무슨 말인지 꽤 궁금하군요."

"난 마음에 안 드는 사람과 같이 앉아서 시간을 보내는 걸 극도로 싫어해요. 그래서 저곳에서 지켜보고 있었어요. 물론 친구한테는 화장실에 간 것으로 부탁했고요."

기가 막힌다.

여자가 나타나지 않았을 때 혹시나 하는 생각을 했는데 정말 유혜진은 그런 짓을 했다.

그 이야기는 파트너가 마음에 들지 않았다면 곧장 자리를 떴을 거란 걸 의미한다.

"그 말은 내가 꽤 마음에 들었다는 것으로 이해해도 되겠습니까?"

"정답."

"기분이 그리 나쁘지는 않군요. 하지만 반대의 경우를 생각해 보니 아찔하기도 합니다."

쓴웃음을 지으며 박강호는 다시 물 잔을 집어 들었다.

이번에는 긴장감으로 인한 것이 아니라 가슴 깊은 곳에서 솟구친 알 수 없는 갈증 때문이었다.

미팅은 대체적으로 호구조사부터 시작된다.

특히 여자에 대해서 문외한인 신입생은 가족 관계를 비롯해서 사는 곳과 취미 등에 대해서 집중적으로 물으며 대화를 진행해 나가는데 그것은 커피숍에 들어 있는 남자들에게 전부 해당되는 일이었다.

박강호도 그 범주에서 벗어나지 못했기 때문에 한 시간이 다 되도록 신상에 대해서 집중적으로 물었으나 유혜진은 상투적인 질문조차 정성껏 답하며 유쾌하게 대화를 이끌어 나갔다.

하지만 모든 커플이 그들처럼 웃음 속에서 대화를 나눈 것은 아니었다.

심드렁한 얼굴로 마지못해 대답하는 여자가 있는 반면 아예 처음부터 상대가 마음에 들지 않는 걸 얼굴에 표시하며 대화를 거부하는 경우도 있었다.

물론 그것은 남자들도 마찬가지였기 때문에 미팅이 시작된 후 30분이 지나자 거의 반수의 커플이 자리를 떠버렸고, 한 시간이 되자 불과 열 쌍 정도만 남았다.

유혜진은 활달한 성격을 가진 여자였다.

호구조사에서 아버지가 중소기업 사장이란 것과 부모님의 사랑을 듬뿍 받고 자란 외동딸이란 사실을 알게 되었다.

대화를 나누다 보니 솔직함 속에서도 상대를 배려하는 여유를 잃지 않았다.

부유한 환경에서 자라온 삶이 그런 여유를 몸에 배게 만든 것 같았다.

두 사람이 자리에서 일어난 것은 단 두 커플만이 남았을 때다.

이미 7시가 넘어 바깥은 어둠 속으로 잠겨가는 중이고, 길거리에는 화려한 네온사인이 하나둘 들어와 거리를 화려하게 물들였다.

그녀의 입에서 걱정하던 말이 튀어나온 건 사람들로 가득 찬 종각 뒷골목을 빠져나올 때였다.

"우리 밥 먹으러 가요. 너무 수다를 떨었더니 배고파요."

"벌써… 밥 먹을 시간이군요."

"뭐 먹으러 갈까요?"

"혜진 씨 좋아하는 거 먹어요."

"아니에요. 오늘은 강호 씨 먹고 싶은 곳으로 가겠어요. 나와 얼마나 식성이 비슷한지 궁금해요."

그녀가 공을 다시 넘기자 가슴이 더 답답해져 왔다.

첫 미팅을 그냥 넘기기 싫어서 나왔을 뿐인데 결국 원하지 않은 상황이 발생하고 말았다.

커피만 마시고 돌아갈 생각이었다.

남들 다 해보는 미팅을 해봤다는 사실만으로 만족하고 더 이상의 미련은 두지 않으려 했다.

그런데 유혜진을 만나면서 '조금만 더' 하며 욕심을 부린 것이 이런 화를 불러들였다.

유혜진은 그만큼 매력적인 여자였다.

갈등이 일어났으나 그 갈등은 차가운 이성에 의해 금방 가라앉았다.

이제 와서 도망치듯 벗어난다는 것은 죽어도 하고 싶지 않은 일이었기에 박강호는 굳은 얼굴로 그녀를 바라보았다.

"혜진 씨가 먹고 싶은 걸로 하죠. 식성이 비슷한지 아닌지는 내가 판단하겠습니다."

"그 배려심도 마음에 드네요. 얼마 지나지 않았지만 강호 씨는 정말 특이한 사람인 것 같아요. 좋아요. 그럼 내가 먹고 싶은 곳으로 갈 테니 따라와요."

그녀가 들어간 곳은 레스토랑이었다.

화려한 조명과 모던한 인테리어를 어울러 담백함과 고급스러움을 한꺼번에 표현해 놓았는데 음식 솜씨도 좋은지 사람이 무척 많았다.

그럼에도 소음은 거의 없었고 오히려 홀을 가득 채운 음악 소리가 귀를 맑게 해줘 편안함을 느끼게 만드는 곳이었다.

유혜진이 이 식당에 들어온 이유는 단순하고도 뻔했다.

분위기 있는 곳에서의 데이트는 여자라면 누구나 꿈꾸는

것이었으니 유혜진에게 선택권을 준 순간부터 장소는 결정된 것이나 마찬가지였다.

주문을 하고 난 후부터는 커피숍에서와는 달리 유혜진에 의해 대화가 진행되었다.

그녀는 박강호에 대한 모든 것을 알아야겠다는 듯 맹렬하게 질문했는데 그 강도가 무척이나 셌다.

"어떤 여자 좋아해요?"

"착한 여자."

"그런 두리뭉실한 대답 말고 상세하게 말해줘요."

"예쁘고 착한 여자."

"참 나, 그럼 섹시한 여자는 안 된다는 건가요?"

"그러고 보니까 섹시한 여자도 괜찮을 것 같군요."

"유머 있는 여자는요? 성격이 활달한 여자는 싫어요?"

"그런 건 아닌데……."

주문한 스파게티가 코로 들어가는지 입으로 들어가는지 모를 정도로 집요한 질문이 계속되었다.

그녀는 박강호를 마치 오래 사귄 남자친구처럼 생각하는지 무척 편한 얼굴을 하고 있었다.

자신감일까? 그래, 어쩌면 그럴지도 모른다.

예쁜 외모와 유복한 환경, 그리고 자라면서 형성된 활달한 성격은 모든 사람들의 사랑을 받기에 충분한 것이었다.

더군다나 자신의 의도에 맞춰서 최선을 다하는 박강호의 모습을 보면서 그런 자신감이 더욱 커진 것 같았다.

　하지만 식사가 끝나가면서 박강호의 표정이 점점 어둡게 변하고 말수도 적어졌기 때문에 유혜진의 여유 있던 모습은 점차 사라져 갈 수밖에 없었다.

　유혜진이 그의 변화를 보면서 당황했을 때는 이미 늦어 박강호가 자리에서 일어나 주섬주섬 주머니에서 돈을 꺼내고 있었다.

　"혜진 씨, 미안합니다. 이제 나는 먼저 가봐야 할 것 같아요. 멋지게 일어나고 싶었는데 혜진 씨가 너무 비싼 걸 시키는 바람에 그럴 수가 없었네요. 부족하겠지만 그게 내가 가진 돈의 전부니까 이해해 주세요."

　"강호 씨, 도대체 왜… 내가 뭐 실수한 거 있어요?"

　"아닙니다. 그럴 리가요. 정말 지금 당장 가야 할 곳이 있어서 그래요. 아까부터 얘기하고 싶었는데 혜진 씨의 이야기를 끊지 못했을 뿐입니다."

　"그럼 우리 다시 만날 수 있는 건가요?"

　"그건 어려울 것 같습니다."

　"왜죠? 내가 마음에 들지 않았나요?"

　"혜진 씨는 나 말고 다른 남자가 어울릴 것 같습니다. 이런 말을 하게 돼서 미안하군요. 그럼."

냉정하게 말을 끊고 돌아섰다.

그러고는 서둘러 레스토랑을 빠져나와 지하철을 향해 무작정 뛰었다.

가슴은 미친 듯이 뛰었고 굳게 쥐어진 두 주먹에는 어떤 것도 부숴 버릴 것 같은 분노가 가득 담겨 있었다.

오지 말았어야 했다.

미팅에 오지 않았더라면 이런 비참함과 초라함은 느끼지 않았을 테니 말이다.

그녀와의 대화에서 많은 기쁨과 설렘을 느꼈으나 시간이 지날수록 맞지 않은 옷을 입은 것처럼 커다란 어색함이 다가왔다.

많은 생각이 떠오르고 또 사라져 갔으나 결론은 언제나 여자를 사귀면 안 된다는 냉혹한 현실뿐이었다.

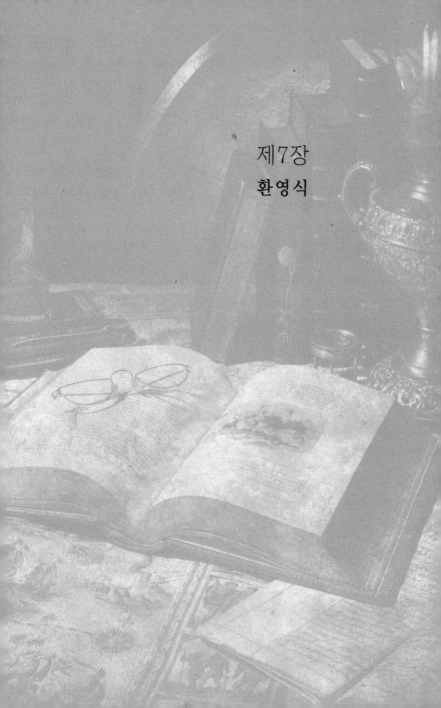

제7장
환영식

"어떻게 됐냐?"

"뭐가?"

"이것이 죽을라고. 어제 있던 일 실토해 보라니까."

2교시 수업이 끝나자마자 고홍준이 눈을 빛내며 박강호의 면전에 얼굴을 들이밀었다.

놈은 무슨 일이 있었던지 오늘 지각을 했는데 쉬는 시간이 되자마자 박강호의 팔을 붙잡고 복도로 끌어냈다.

그러고는 다짜고짜 미팅 결과에 대해 물었다.

그는 어제 있던 미팅에서 가장 먼저 일어난 축에 속했는데 번호는 더없이 좋은 숫자였으나 파트너는 무용학과에서 보기 드문 폭탄이었다.

그랬기 때문인지 유독 퀸카를 만난 박강호의 미팅 결과에 초미의 관심을 보였다.

"차였다."

"차여? 거짓말하지 마, 인마. 네가 마지막까지 있다가 같이 나가는 걸 본 놈이 있어."

"밥 먹으러 가서 차였다. 이제 이해됐냐?"

"환장하겠네. 도대체 차인 이유가 뭐냐?"

"자기 스타일이 아니라고 하더라."

"스타일이 아닌데 왜 그렇게 오래 있었어? 지가 성모마리아야, 뭐야? 불쌍해서 적선한 거래?"

"심심해서 그랬나 보지. 아니면, 약속 시간이 남아서 시간이나 보내려고 그랬든지."

고홍준이 자기가 당한 일처럼 거품을 물자 어느새 다가온 최현승이 실실 웃으며 끼어들었다.

하지만 고홍준은 최현승의 말에 절대 수긍할 수 없다는 듯 연신 거품을 물었다.

"야, 그년 정말 대단하네. 강호 너 같은 놈을 차버리면 우리 과에 어떤 놈이 파트너를 했어도 안 됐다는 얘기잖아."

"가슴 아프다. 이제 그 이야기는 그만해."

"언젠가는 내가 강호보다 낫다며?"

이번에도 최현승이 끼어들며 대화를 끊었지만 고홍준은 그를 탓하지 않았다.

대신 고개를 흔들며 그의 말을 강력히 부정했다.

"솔직히 말해서 생긴 건 강호가 더 낫지. 네가 말발이 뛰어난 건 사실이지만 옷걸이만 봤을 때는 강호 저놈을 누가 이기겠냐."

"이 자식이 정말 이랬다저랬다 하고 있어. 너 이렇게 나오면 새끼 안 꽈준다."

"쪼잔한 놈. 그런 걸 가지고 협박하는 놈이 어디 있어!"

"잘 보여야 하는 놈이 싸가지 없게 나오니까 그렇지."

"알았다, 네가 훨씬 훌륭한 걸로 하자. 그러니까 그 새끼 꼬는 거 잊지 마."

고홍준이 최현승의 협박을 못 이기고 두 팔을 번쩍 들었다.

최현승은 어제 만난 파트너와 다시 만나기로 했다더니 고홍준과 어느새 모종의 밀약을 맺은 모양이다.

박강호가 미팅 결과에 대해서 더 이상 말하고 싶지 않은 표정을 짓자 금방 대화의 주제는 동호회로 넘어갔다.

클래식 기타반에서 어제 신입 회원 환영회를 개최한다는 사실을 알려왔는데 모든 관심이 미팅에 몰려 있다 보니 지금에서야 이야기가 나왔다.

이번에도 대화를 주도한 것은 고홍준이었다.

셋이 있으면 주제를 고르거나 대화를 주도하는 건 언제나 고홍준이었다.

놈은 2년 더 살았을 뿐인데도 핵심을 정확하게 짚고 나가는 능력이 있었고, 항상 가장 큰 관심 내용을 말했기 때문에 나머지 둘은 대부분 그의 의견에 동조하거나 끌려가는 경우가 많았다.

"너희들, 어쩔 거야?"

"어쩌긴, 처음인데 빠질 수는 없지. 나는 무조건 간다."

"강호는?"

"금요일 저녁이면 나도 가능해. 다음 주부터는 일해야 되니까 마지막 자유를 누려야지."

"오케이, 좋았어."

"그나저나 넌 왜 이렇게 좋아하냐?"

"흐흐, 걔들도 오니까 그렇지. 이번에는 시간을 두고 내 매력을 물씬 발산해서 반드시 사귀고야 말 테다."

"그럼 새끼 꼬지 말아야겠네."

"인마, 여자는 다다익선이라고 했어. 그러니까 그건 그것대로 추진해."

고홍준이 최현승의 어깨를 소리 나게 두드리며 함박웃음을 터뜨린 것은 정말 기대가 컸기 때문일 것이다.

그녀들이 정말 클래식 기타반에 가입했다는 것을 확인한 것은 미팅 전날인 화요일이었다.

삼총사는 공강 시간의 심심함을 견디지 못하고 클래식 기타반을 찾아갔는데 거기서 윤선아와 그 일행을 만난 것이다.

기타를 만지작거리며 시간을 보내다가 수업 시간에 맞춰 일어났을 때 그녀들이 들어왔기 때문에 가볍게 목례만 하고 지나갔지만 고홍준은 그것만으로도 함박웃음을 멈추지 못하며 흥분을 감추지 못했다.

윤선아는 수업 시간이 모두 끝나자 조용히 눈을 감고 있다가 한참이 지난 후에야 떴다.

오늘은 클래식 기타반 신입 회원 환영회가 있기 때문에 4시에 모든 수업이 끝났어도 집으로 돌아가지 못하고 있었다.

사실 기타에 대해서는 별 관심이 없었다.

대학에 들어와 새로 사귄 이민영과 서여진으로 인해 억지로 가입했고, 기타에 대해서도 문외한이기에 눈치를 보다가 그만둘 생각을 가지고 있었다.

자신은 봉사나 여행 쪽에 관심이 있었기 때문에 그런 쪽의 서클이 더 어울렸다.

인생에서 가장 아름답다는 대학 생활을 남의 주장에 의해 망치고 싶지 않았음에도 클래식 기타반에 가입한 것은 가입과 탈퇴의 강제성이 전혀 없어 언제든 그만둘 수 있다는 것을 잘 알고 있었기 때문이다.

그러나 그녀는 친구들의 손에 이끌려 클래식 기타반이 있는 서클 룸에 갔다 온 후 그런 생각을 완벽하게 접어버렸다.

여대생들은 조그만 것에도 웃고 떠든다.

여자 셋만 모이면 접시가 깨진다고 했는데 새로 입학한 여대생 셋이면 차 문도 부술 정도로 무서운 수다를 자랑한다.

그날도 수업 시간에 있던 교수님의 농담을 주제로 웃고 떠들며 클래식 기타반이 있는 대강당 옆 건물로 들어섰는데 일행은 서클 룸에 가까이 가면서 자연스럽게 입을 다물 수밖에 없었다.

창문을 통해 들려오는 아름다운 선율.

사람의 감정을 애절하고 은은하게 표현한 기타 음은 마치 천상에서 들려오는 것처럼 아름다워 그녀들의 걸음을 멈추게 만들 정도였다.

프로의 화려한 테크닉을 보여주는 것은 아니었지만 연주자의 감정이 고스란히 실려 공간을 날아온 기타 음은 그녀들을 복도의 한구석에 서서 움직이지 못하도록 만들었다.

이민영이 조용히 창가로 다가가 연주자를 확인한 것은 윤선아가 들려오는 선율의 아름다움을 본격적으로 감상하기 위해 옆에 있는 의자에 앉을 때였다.

그녀의 눈은 더없이 커지고 입은 떡 벌어져 있었다.

"선아야, 빨리!"

목소리는 개미가 기어가는 소리처럼 작았으나 이민영의 몸짓은 그 어떤 때보다 급했다.

그랬기에 창문을 통해 벌어진 광경을 급히 다가가 확인했는데, 윤선아는 기타를 연주하는 남자를 본 후 거짓말처럼 모든 행동을 정지해 버렸다.

그 남자다. 그 남자가 거기에 있었다.

서클 룸 안에서는 내기에 져서 왔다며 미팅을 하자고 하던 남자가 기타를 들고 '로망스'를 연주하고 있는 중이었다.

저 남자가 도대체 왜 여기 있는 걸까?

분명 신입생이라고 들었는데 그는 마치 고학년 선배들처럼 멋진 아르페지오 기법을 선보이며 아름다운 선율을 만들어내는 중이었다.

그가 클래식 기타반에 있는 것도 이상한데 저토록 멋진 연주를 하고 있으니 윤선아는 충격 속에서도 의문을 숨기지 못했다.

그를 보자 새삼 처음 만났을 때의 광경이 한 편의 영화처럼 다시 살아나 그녀의 뇌리를 스치고 지나갔다.

당당하고 용감했다. 그리고 한 치의 미련도 남기지 않았으니 윤선아가 태어나 만난 남자들과는 근본적으로 다른 성향을 지닌 사내였다.

어딘지 모르게 풍겨 나오는 야성. 그렇다. 그에게서 흘러나
온 것은 절제되지 않은 야성이었다.

그녀가 그날 그로부터 받은 신선한 감정은 다른 남자들에
게서 나타나지 않은 야성의 기운으로 인한 것이 분명했다.

그러나 그 충격과 묘한 설렘은 얼마 지나지 않아 금방 사라
졌다.

대학을 입학하면서 만난 새로운 환경은 그를 잊어버리게
만들 만큼 흥분되고 기대되는 것들로 가득 차 있었다.

그런데 창문을 통해 그가 있는 것을 보게 되자 처음 느낀
그때 그 감정으로 돌아가 가슴이 쿵쾅거리며 미친 듯이 뛰기
시작했다.

호흡을 제대로 하기 어려울 정도로 긴장되어 연주가 끝났
음에도 한동안 그녀는 자리에서 움직이지 못했다.

이민영의 재촉으로 서클 룸으로 들어갔을 때 그는 급하게
책가방을 들고 친구들과 함께 걸어 나오는 중이었다.

아마 수업 시간을 맞추느라 급하게 서두르는 것 같았다.

알아본 게 확실했는데도 그는 눈을 마주치고도 그저 가볍
게 묵례만 한 후 서클 룸을 빠져나갔다.

어이가 없었고 한편으로는 슬그머니 화가 치밀었다.

미팅하자며 쫓아온 게 얼마나 지났다고 이젠 말조차 붙이

지 않는단 말인가.

그랬기에 박강호의 뒷모습을 노려봤다.

그의 친구들은 그와는 다르게 반갑게 웃으며 윤선아를 반겼으나 그녀는 오로지 박강호의 뒷모습만 바라보며 두 주먹을 꼭 쥔 채 분을 삼켰다.

그리고 오늘.

3일 동안 별별 생각을 다 하며 오늘을 기다렸다.

처음에는 화가 나서 어쩔 줄 몰랐는데 점차 시간이 지나자 갖가지 이유를 들어가며 그가 자신을 그냥 스쳐 지나야만 했던 타당성들을 만들어냈다.

수업 시간에 늦어서 미처 자신에게 말을 붙이지 못했을 수 있었고, 워낙 매정하게 그의 요청을 거절했기 때문에 자존심에 상처를 받았을 수도 있었다.

그런 이유들 때문이라면 자신 역시 말을 붙이지 않았을 테니 충분히 이해할 만했다.

그랬기에 오늘 있을 신입 회원 환영회를 남모르게 기다렸다.

오늘 그를 조금 더 알아볼 생각이다.

그녀의 가슴을 이토록 뛰게 만드는 그가 어떤 사람인지 친구들과 선배들의 도움을 받아 자연스럽게 알아보고 싶었다.

신입 회원 환영회는 거구장에서 열렸다.

거구장은 삼겹살과 김치찌개를 전문으로 하는 식당이었는데 워낙 맛있고 넓은 방이 많아 학생들의 모임 장소로 인기가 있었다.

박강호가 친구들과 함께 거구장에 들어선 것은 약속 시간인 6시보다 30분 정도 빠른 시간이었다.

신입생이라면 빨리 도착해서 선배들을 기다리는 것이 예의라는 생각을 가지고 있었기 때문이다.

정문을 열고 들어서자 노트에 뭔가를 정리하던 서클 선배가 손을 들어 반겼다.

그는 국문과 3학년으로 서클 회장을 맡고 있는 임재덕이었는데 총무를 맡고 있는 여선배와 함께 오늘 행사에 대해서 상의하는 중이었다.

"어서 와라. 사람들 많이 와 있으니까 가서 인사하고 있어. 곧 선배님들 올 거야. 조금만 기다려."

"예, 알겠습니다."

그가 가리킨 손가락은 가장 끝 방이었기 때문에 박강호는 고개를 숙여 인사한 후 천천히 그쪽으로 걸어갔다.

마지막에 따라오던 고홍준이 불쑥 입을 연 것은 목적지에 5m도 남지 않을 때였다.

"강호야, 오줌 싸고 가자."

"지랄."

"한번 들어가면 다시 나오기 그렇잖아."

"난 안 마렵다. 너나 갔다 와."

"사나이 의리가 있지, 어떻게 화장실에 친구를 혼자 보내? 넌 국어 시간에 의리를 그렇게 배웠어?"

"아이고, 징그러운 놈아."

잡아끄는 고홍준의 손길에 어쩔 수 없이 따라가며 박강호가 투덜거렸으나 오히려 최현승은 그를 밀어 한 몸처럼 화장실로 향했다.

화장실의 소변기는 마침 세 개였고 모두 비었기 때문에 그들은 나란히 서서 바지 지퍼를 내린 후 목표에 조준했다.

소변기에는 총을 쏠 때의 표적지처럼 원이 그려져 있었기 때문에 셋은 모두 그곳을 향해 오줌을 발사하며 낄낄댔다.

오줌을 갈기면서 최현승이 불쑥 입을 연 것은 최초보다 오줌발의 강도가 반으로 줄어들었을 때다.

"훌륭한 총을 맨날 이런 데만 쏘고 있으니 한심하다. 어떻게든 빨리 해결해야 될 텐데 걱정이야."

"현승아, 넌 무용학과 그녀가 있잖아. 금방 해결되지 않겠어?"

"인마, 밥이 익어야 먹지, 설익은 거 먹으면 체해. 맛도 없고."

"이놈아, 너는 밥이라도 하고 있지, 강호하고 나는 뭐냐. 아직 쌀도 못 구했으니 언제 밥을 하냐고!"

"그러니까 여기 온 거 아냐. 정부미 말고 윤기 좔좔 흐르는 명품 쌀로 잘 구해봐. 하루라도 빨리 우리의 지상 과제를 해결해야 되지 않겠어?"

"흐흐, 그럼, 그럼. 당연한 말씀이다."

방은 마치 운동장처럼 넓었지만 벌써 사람들로 반 정도가 차 있는 상태였다.

대충 지금 와 있는 인원만 해도 벌써 50명이 족히 넘었다.

언뜻 들은 바로는 신입 회원이 30명 정도 된다고 했으니 이 중 반은 선배라는 뜻이기에 박강호 일행은 고개를 숙여 정중히 인사하고 빈자리에 가서 앉았다.

서클 룸에 간 것은 단 한 번밖에 없기 때문에 아는 얼굴이 거의 없어 회장의 말처럼 인사를 나누는 것은 어려운 일이었다.

모임 자리의 특성은 끝에서부터 자리가 찬다는 것이다.

특히 이렇게 신입 회원 환영회 자리는 관심에서 제일 멀리 떨어질 수 있는 끝자리가 인기가 가장 높았다.

그랬기에 늦게 들어온 박강호 일행은 거의 중앙 쪽에 자리를 잡을 수밖에 없었는데 대각선 쪽에 윤선아 일행이 자리를 차지하고 있었다.

그나마 아는 얼굴을 발견한 고홍준의 얼굴이 활짝 펴졌다.

그는 지옥에서 부처님을 발견한 것처럼 손을 들어 반가움
을 표시하며 그녀들을 향해 환한 웃음을 흘리는 걸 잊지 않
았다.

"야, 쟤들 왔다."

"인마, 창피하게 하지 말고 손 내려."

최현승이 고홍준의 팔을 슬그머니 잡아 내리며 입만 달싹거
렸다.

나름대로 명가의 후예라고 자랑하는 최현승은 고홍준의 푼
수 짓을 절대 용납하지 않았다.

재밌는 것은 그녀들이 고홍준의 푼수 짓에 반응을 해왔다
는 것이다.

가운데 앉은 이민영이 반갑게 손까지 들자 고홍준은 그것
을 확인한 후 좋아서 환장을 했다.

고홍준이 벌여놓은 작은 소란에 박강호의 시선도 여자들
쪽을 향했다.

여자들은 반가움을 표현하면서 이쪽을 보고 있었는데 특
히 윤선아는 자신을 빤히 바라보며 뭔가 할 말이 있는 사람처
럼 시선을 돌리지 않았다.

궁금했으나 지금 상황에서는 물어볼 수가 없어 잠시 바라

보다 고개를 돌렸다.

그런 후 늘 지하철에서 하던 것처럼 습관적으로 사람들을 관찰하기 시작했다.

경직되어 있는 사람들이 있는 반면 편하게 옆 사람과 이야기를 나누는 사람들도 있었고 그 숫자는 반반 정도였다.

그랬기에 집중적으로 경직되어 있는 사람들을 살폈다.

그들이 바로 자신과 비슷한 처지에 있는 신입 회원일 가능성이 높기 때문이다.

윤선아 일행을 포함해서 28명이었고, 그중 남자와 여자의 비율이 또다시 반반 정도로 갈렸다.

눈치 빠른 고홍준은 어느새 자신처럼 신입 회원들의 모습을 매의 눈으로 바라보고 있었는데 주로 여자들이 타깃이었다.

도대체 클래식 기타반은 어떤 매력이 있는 것이기에 여자들의 수준이 이럴까.

윤선아 일행은 둘째 치고 나머지 신입 여대생들의 수준도 장난이 아니었기에 고홍준의 입은 귀까지 올라갔다.

시간이 흘러 선배들이 계속해서 들어왔고, 어느 정도 자리가 차자 서클 회장인 임재덕이 자리에서 일어났다.

이미 불판과 삼겹살, 그리고 소주병이 산처럼 준비되어 있기 때문에 행사 진행에 따라 언제든지 술잔이 돌 수 있는 상황이었다.

"신입 회원 여러분, 반갑습니다. 오늘은 우리 클래식 기타반
에 들어오신 신입 회원들을 환영하기 위해 마련한 자립니다.
따라서 식사를 하기 전에 먼저 신입 회원들의 소개를 듣고 선
배님들도 인사하는 시간을 갖겠습니다."

거의 80명이 인사를 했지만 시간은 그리 오래 걸리지 않았
다.

사회인들처럼 거창하게 자신을 포장해서 인사한 게 아니라
학번과 학과, 그리고 이름 정도만 간단하게 소개했기 때문에
소개 시간은 30분도 채 걸리지 않았다.

소개가 끝나자 회장의 서클에 대한 간략한 설명이 이어졌
다.

클래식 기타반이 일 년 동안 하는 행사에 관한 것들이 주
내용이었는데 정기 연주회를 비롯해서 축제 때의 파트 연주,
그리고 연말에 있을 신입생 신고 연주까지의 일정이 하나씩
소개되었다.

기타 강습에 관해서도 설명했다.

전문 강사를 초빙해서 시행되는 기타 강습은 주 2회 계획되
어 있으니 반드시 참석해 달라는 것이었다.

간단한 식전 행사가 끝나자 드디어 본격적으로 식사가 시작
되었다.

이때부터가 진짜 환영회라고 보면 된다.

본격적인 소개는 술이 들어가면서부터 시작되기 때문에 선배들은 어느 정도 분위기가 무르익자 술잔을 마구 돌려대며 신입 회원들을 정신없이 몰아붙였다.

윤선아는 선배들이 주는 잔을 꺾어 마시며 밑에 놓아둔 맥주잔에 차곡차곡 버렸다.

술이 약한 편은 아니었지만 워낙 많은 선배들이 술을 주었기에 그대로 받아 마시다가는 정신을 잃을지도 몰랐다.

옆에 있던 이민영과 서여진은 어느새 자리에서 벗어나 선배들과 대화를 나누고 있었고, 자신 옆에는 남자 선배들이 잔뜩 몰려와 연신 이것저것 물어대는 중이다.

그들의 질문은 술이 들어가자 선배로서가 아니라 남자로서의 질문으로 점차 변해갔기 때문에 곤란함을 느낄 수밖에 없었다.

서클에 들어가면 남자 선배들을 조심해야 된다는 언니의 설교를 귓가로 흘려들었는데 막상 술이 들어가자 그것이 사실로 나타나고 있었다.

대충 얼버무리며 선배들이 눈치채지 못하게 박강호를 바라보았다.

그가 와주기를 기다렸지만 그는 선배들이 주는 술잔을 거부하지 못하고 연신 술을 마셔 벌써 얼굴이 붉어진 상태였다.

이대로라면 그녀의 목적은 이루어지기 힘들어 보였다.

자신도 모르게 저절로 한숨이 흘러나왔지만 한숨을 뿌리치고 슬그머니 입술을 깨물었다.

3일 동안 고심하면서 기다려 온 오늘이 또 다른 내일로 변해가는 걸 두고 볼 수는 없었다.

그녀의 성격은 그리 활달하지는 않았지만 생각한 것을 실천에 옮기지 못할 정도로 소심한 것도 아니었다.

그랬기에 남자 선배들이 잠시 자리를 뜬 사이를 이용해 술잔을 들고 자리에서 일어섰다.

이미 신입 회원들 간에는 말을 놓는 분위기가 형성되어 있었기 때문에 친밀감을 표현하며 술잔을 내밀 생각이다.

하지만 그녀가 술잔을 들고 일어났을 때 박강호의 옆으로 허윤정이 다가가 앉는 것이 보였다.

허윤정은 이번에 들어온 신입 회원으로 음대 피아노과에 다닌다고 했는데 남자 선배들이 잔뜩 몰릴 정도로 예뻤다.

주춤거리며 일어나던 몸을 다시 주저앉히며 윤선아는 자신도 모르게 소주병을 잡았다.

그러고는 술잔에 술을 따르고 단숨에 들이마신 후 박강호를 노려보았다.

박강호는 다가온 허윤정이 따라준 술을 마시며 바보처럼 웃고 있었는데 한 번도 그녀에게 눈길을 주지 않았다.

"안녕? 난 허윤정이야. 반가워."

"그래, 반갑다. 아까 한 내 소개… 기억할지 모르겠네?"

당연히 몰라야 정상이다.

자신도 허윤정에 대해서 지금에서야 이름만 아는 정도니까.

오늘 여기에 있는 80명의 소개가 불과 30분 만에 끝났으니 박강호는 저번 주에 쫓아간 윤선아와 오늘 행사를 진행한 회장의 이름만 간신히 기억할 정도이다.

그랬기에 물었다. 모른다고 하면 천천히 다시 자신을 소개해야 대화가 될 수 있을 거라 생각했기 때문이다.

하지만 허윤정의 얼굴에는 환한 미소가 떠올라 있을 뿐 조금의 미안함이나 당황함은 보이지 않았다.

"기억해."

"기억한다고?"

"응. 네 이름이 박강호라며. 경영학과 다닌다는 것까지 기억하고 있어."

"머리가 좋은 모양이구나."

"아니. 머리가 좋아서 기억한 거 아냐. 내가 여기서 이름을 기억하는 사람은 너를 포함해서 몇 안 돼. 처음 대화를 나눈 사람은 너뿐이고."

"내가 특이하게 생겨서 그런기

"그걸 농담이라고 하는 거야?

"할 말이 별로 없어서. 왜 투

뭐하잖아."

대충 짐작했으면서도 어색히

었다.

주변에는 이제 삼삼오오 패거리로 나뉘어 둘

고 있었는데 시장판을 방불케 할 정도로 시끄러웠다.

그때부터 허윤정은 박강호의 옆에 앉아 사소한 것부터 하

나씩 질문해 왔다.

일명 호구조사.

너무나 상투적인 접근인지는 몰라도 사실 사람을 알아가는

데는 호구조사가 제일이다.

두 사람의 대화는 핵심에서 벗어나 빙빙 돌고 있었지만 끊

이지 않고 계속됐다.

허윤정이 말꼬리를 놓치지 않고 박강호가 대화를 할 수밖

에 없도록 유도했기 때문이다.

하지만 시간이 지나자 그들의 대화를 방해하는 사람들이

나타났다.

그녀가 거의 10여 분 동안 박강호의 옆에만 앉아 있는 걸

선배들은 그냥 두고 보지 않았다.

회원들이 전부 예뻤지만 그녀는 그중에서도 튀
기 때문에 남자 선배들은 그녀와 대화하기 위해 줄
지경이었다.

그러나 그녀는 선배들의 요청을 끈질기게 뿌리치며 박강호
의 곁을 떠나지 않았다.

이대로라면 박강호는 남자 선배들에게 공공의 적이 될 판이
었지만 허윤정은 그런 것에는 신경 쓰지 않고 연신 술을 마시
며 대화를 이어나갔다.

그녀가 자신의 마음을 드러낸 것은 2학년이라고 소개한 김
아무개가 그녀의 옆으로 다가와 회장이 찾는다는 말을 하고
돌아갔을 때였다.

"나… 너한테 관심 있어."

"응?"

너무 작았다.

말을 끝내놓고 소주잔을 들어 입에 가져가는 순간이었기
때문에 허윤정이 말한 소리를 놓쳤다.

하지만 그녀로 인해 금방 알아들을 수 있었다.

그녀는 박강호를 빤히 쳐다봤는데 그 눈이 매우 도발적으
로 변하고 목소리도 커졌다.

"대학에 들어오면 괜찮은 남자친구와 꿈결처럼 예쁘게 사
귀고 싶었어. 너는 내가 딱 좋아하는 스타일이야."

워낙 강한 눈빛이라 마주 보기가 힘들었다.

그녀는 주변의 시선을 의식하지 않은 채 박강호를 바라보았다. 꽤 많은 술을 마셨기 때문인지 얼굴이 발갛게 달아오른 상태였다.

술에 취해서 용기가 난 걸까, 아니면 이 여자가 커온 환경이 어떤 두려움도 이겨내는 용기를 마련해 준 걸까?

그럼에도 대단하다.

여자의 입장에서 처음 본 남자에게 호감을 표현한다는 것은 아무리 술의 힘을 빌렸어도 절대 쉬운 일은 아니었다.

박강호가 호흡을 가다듬은 후 술잔을 천천히 입으로 가져간 것은 자신의 말에 반드시 대답을 들어야 하겠다는 그녀의 눈빛 때문이었다.

"술 많이 마셨구나."

"내가 술 취한 것처럼 보여?"

"그래. 네 주량이 얼마나 되는지 모르겠다만 충분히 취한 것 같다. 내 옆에 와서도 연거푸 다섯 잔이나 마셨잖아. 넌 취했어."

"여자가 이렇게까지 말하는데 기껏 한다는 말이…… . 내가 마음에 안 드는 거야, 아니면 용기가 없어서 엉뚱한 소리를 하는 거야?"

"둘 다 아니다."

"그럼 뭔데?"

"너는 아직 나를 모르잖아. 지금 이 자리에서 그런 이야기가 나오는 것은 아마 술에 취해서가 분명해. 술은 사람의 감정을 흔들어 냉정한 판단을 내리지 못하게 만들거든. 아마 내일이면 오늘 있던 일은 깨끗하게 잊어버리게 될 거다."

"너무 서툰 변명이라고 생각되지 않아?"

"생각해 보니 그런 것도 같다. 하지만 이게 내가 할 수 있는 최선의 대답이야."

윤선아는 허윤정이 박강호의 옆에 가 앉아 있는 동안 선배들이 건네주는 술을 모두 받아 마셨다.

많은 질문을 받았지만 무슨 말을 했는지 하나도 기억나지 않았다.

술이 약하지는 않았으나 계속 마시다 보니 점차 정신이 혼미하게 변하기 시작했다.

이러면 안 된다는 것을 안다.

그럼에도 마실 수밖에 없는 것은 맞은편에서 이야기를 나누는 두 사람의 모습이 너무나 다정하게 보였기 때문이다.

시간이 흐르자 자리를 떠났던 이민영과 서여진이 돌아왔다.

"선배님들, 그만하세요. 얘 술 취한 거 안 보이세요?"

이민영의 날카로운 고성에 윤선아의 옆에서 치근덕대던 남자 선배들이 당황한 표정을 지었다.

어떤 목적을 가졌든 신입 회원으로 들어온 여자 후배에게 자꾸 술을 권한다는 건 좋게 보이지 않는 법이다.

그랬기에 선배들이 슬금슬금 눈치를 보며 자리를 뜨자 옆에 있던 서여진이 술잔을 잡아가는 윤선아의 손목을 붙잡았다.

"너 왜 그래?"

"뭘?"

"무슨 일 있어? 웬 술을 그렇게 마셔?"

"오늘 신입 회원 환영회라잖아. 그러니까 마셔야지. 일루 와 너도 한잔해."

"선아야!"

손목을 잡은 윤선아를 향해 이민영이 소리를 빽 질렀다.

워낙 시장터처럼 시끄러웠기 때문에 사람들의 이목을 끌지는 못했지만 옆에 있는 윤선아의 정신을 차리게 만들기에는 충분한 목소리였다.

"안 되겠다. 너 취했어. 우리 먼저 일어나자."

"싫어."

"싫긴 뭐가 싫어? 빨리 일어나!"

"안 돼. 난 저놈이랑 할 말이 있어."

윤선아가 가리킨 곳을 향해 이민영과 서여진의 눈이 한꺼번에 돌아갔다.

그곳에서는 박강호의 옆에서 허윤정이 막 일어나고 있었는데, 윤선아는 오랫동안 그 모습을 지켜보고 있던 것 같았다.

두 사람의 눈이 묘하게 변했다.

윤선아가 워낙 속마음을 드러내지 않는 성격이기에 그녀의 말이 무슨 뜻인지 의아해하던 두 사람은 뒤늦게 상황을 눈치 채고 열심히 혀를 찼다.

"나중에 해. 지금은 아닌 것 같아."

"아니, 지금 해야겠어."

"바보야, 네가 아무리 심각하게 얘기해도 쟤는 그렇게 받아들이지 않을 거다. 그만큼 너는 많이 취했어. 그러니까 나중에 해."

"나, 일부러 술 마신 거야. 용기 좀 내보려고. 지금 생각해 보니까 잘한 거 같아. 하나도 안 무섭거든."

상당히 술에 취한 것 같았으나 막상 자리에서 일어나자 두 다리가 꼿꼿하게 섰다.

아니, 그 정도가 아니라 박강호에게 걸어가는 걸음도 정상에 가까웠기 때문에 그녀가 술에 취했다는 것조차 믿기 어려울 정도였다.

박강호의 옆자리는 비어 있었다.

두 자리 건너에서 고홍준이 선배들과 함께 술판을 벌이고 있었지만 박강호는 혼자 떨어져 뭔가를 생각하고 있는 중이었다.

이제 방 안에는 슬금슬금 사람들이 빠져나가 반밖에 남지 않았는데 그마저도 삼삼오오 모여 있었기 때문에 휑하게 느껴졌다.

"앉아도 돼?"

"응, 앉아."

뭔가를 생각할 때 윤선아가 불쑥 다가왔으니 분명히 의외라고 느껴야 했을 텐데 박강호의 목소리는 무척이나 침착했다.

그녀가 올 것을 짐작하고 있었다는 뜻이다.

양쪽이 다 비었기에 그녀는 시끄러운 좌측을 피해 박강호의 우측으로 앉았다.

"물어볼 게 있어서 왔어."

"뭔데?"

"저번 주에 나한테 왔던 거 정말 친구들이 지목했기 때문이야?"

"그렇다고 얘기했잖아."

"아무런 감정도 없었고 단지 그 이유 때문이었어?"

"난 네가 무슨 말을 하려는 건지 모르겠어. 쉽게 얘기해 봐. 뭘 말하고 싶은 거니?"

"궁금했어. 혹시 네가 자존심이 상한 건 아닌가 하고."

"왜?"

"내가 너무 냉정하게 거절했으니까."

"그런 걱정 안 해도 돼. 어떤 여자가 처음 본 남자의 말에 기다렸다는 듯이 오케이 하겠어? 네 행동은 당연한 거였어."

"그런데 왜 인사를 그렇게 했니? 최소한 웃어주기라도 했어야 하는 거 아냐?"

"언제?"

"저번에 서클 룸에서 만났을 때 그냥 나가 버렸잖아."

"그땐 기타 치느라 수업 시간에 늦어서 그랬다. 그것 때문에 마음 상했다면 미안해."

"정말이지?"

"성인께서 믿고 살라고 그러셨다. 그래야 복이 온다니까 무조건 믿어."

"그럼 다음에 만났을 때는 반갑게 인사할 거야?"

"그럴게. 반갑다고 마구 안아주면 되지?"

"흥, 그건 안 돼."

"알았어. 앞으로 잘 지내보자."

박강호가 불쑥 손을 내밀자 윤선아가 그 손을 빤히 바라보다가 탁자 밑으로 내려가 있는 자신의 손을 내밀어 마주 잡았다.

손이 반밖에 되지 않는다.

더군다나 한없이 부드러워 조금만 힘껏 잡으면 부서질 것 같은 손이었다.

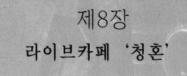

제8장
라이브카페 '청혼'

대학에서의 시간은 고등학교 때와는 다르게 엄청난 빠르기로 지나갔다.

다른 사람은 몰라도 박강호의 시간은 그랬다.

대학에 진학하고 불과 2주 만에 라이브카페에 취직했기 때문에 수업이 모두 끝나면 밤늦도록 일을 해야 했다.

라이브카페의 사장은 30대 후반의 남자였는데 아버지에게 물려받은 재산으로 가게를 차렸다고 했다.

아마 물려받은 재산이 많았던 모양이다.

'청혼'이라는 라이브카페는 건평만 거의 삼백 평에 달할 정도로 넓었고 주차장을 제외하고도 건물과 인접해서 잔디밭까지 만들어져 고급스러움을 한껏 뽐내는 사당동의 명물이었다.

박강호가 이곳에 취직할 수 있던 것은 순전히 운이 좋았기 때문이다.

마침 웨이터 중 한 명이 군대를 가기 위해 그만두지 않았다면, 그리고 박강호가 때맞춰 가게를 찾지 않았다면 아무리 그가 명문 대학생이란 신분을 가졌다 해도 취직이 되는 일은 없었을 것이다.

'청혼'의 좋은 점은 다른 아르바이트보다 거의 배에 달하는 보수를 받는다는 것과 사장의 경영 철학 때문에 함부로 직원을 자르지 않는다는 것이었다.

하는 일은 아주 단순했다.

손님이 들어오면 주문을 받고 음식을 나르는 것이 전부라 처음에만 간단한 교육을 받았을 뿐 별도로 일을 배울 필요가 없었다.

그럼에도 일은 쉽지 않았다.

저녁 6시부터 11시까지 꼬박 서 있기 때문에 집에 돌아갔을 때는 다리가 불편할 정도로 아팠다.

수업이 없는 주말에는 낮부터 새벽까지 일했다.

'청혼'에서 주는 보수가 다른 곳보다 많다 해도 파트타임으로 일해서는 등록금을 마련한다는 건 불가능에 가까워 조금이라도 시간을 낭비할 수가 없었다.

더군다나 아르바이트로 번 돈에서 용돈까지 써야 하기 때문에 3개월이 지나 여름방학이 다가오자 박강호는 어쩔 수 없이 건축 공사장을 찾아야 했다.

건축 공사장에서 막일을 하는 것은 '청혼'에서 일하는 것보다 훨씬 힘들고 괴로웠지만 단기간에 목돈을 마련하기 위해서는 어쩔 수 없었다.

또다시 어머니의 눈물을 보는 일은 절대 만들고 싶지 않았다. 어머니의 애달픈 눈물을 보느니 차라리 자신이 학교를 그만두는 게 나았다.

대학교에 올라와 여름방학이 끝날 때까지 집에 간 것은 단 두 번뿐이었다.

보고 싶었다. 어머니의 다정스러운 웃음과 포근한 얼굴이.

하지만 아버지의 야윈 모습을 떠올릴 때마다 이를 악물고 고개를 흔들며 자신을 채찍질했다.

부모님의 품에 있을 때는 세상 사는 게 이토록 어려운 줄 몰랐는데 막상 홀로 세상에 나오자 지옥에 온 것처럼 암담한 일로 가득 차 있었다.

힘들었다.

누군가는 대학이 인생에서 가장 아름다운 곳이라고 했는데 자신에게는 전혀 그렇지 않았다.

그나마 다행인 것은 그 와중에도 무사히 시험을 마쳤다는 것이다.

시간을 쪼개고 쪼개서 살아가야 했기 때문에 시험공부할 시간이 부족했지만 고홍준과 최현승의 도움으로 권총은 한 과목도 차지 않았다.

친구들은 그를 위해 과목마다 요점 정리를 해서 내밀었는데 용케 그것으로 낙제를 면할 수 있었다.

윤선아는 서클 룸에 앉아 기타를 들고 선배들이 준 악보를 연습했다.

여름방학이 끝나고 보름이 지나자 클래식 기타반은 신입생 연주회를 준비하느라 부산하게 움직이기 시작했다.

연주회의 모든 것은 선배들이 준비했지만 가장 중요한 역할은 신입 회원들의 몫이기에 시간이 날 때마다 윤선아를 비롯한 신입생들은 연주곡을 연습하느라 정신이 없었다.

오늘은 연속으로 수업을 받았지만 중간에 쉬는 시간도 세 시간이나 되었기에 윤선아는 한 시간 전에 서클 룸에 와서 기타에 매달렸다.

1학기 내내 누구보다 열심히 기타 연습을 했으나 생각한 것만큼 실력은 늘지 않았다.

기타에 대한 재능이 없는 건지 거의 6개월이 지났는데도 선배들이 하는 것처럼 멋진 연주는 불가능했다.

고개를 들어 맞은편을 보자 허윤정이 신입 회원 연주곡으로 정해진 '쇼팽의 마주르카' 알토 부분을 연습하고 있는 것이 보였다.

아직 서툰 실력이었지만 그녀는 실수한 곳을 반복해서 연습하며 끈질기게 악보를 넘기고 있었다.

잠시 그녀를 쏘아보다가 고개를 돌렸다.

허윤정이 박강호에게 사귀자고 이야기했다는 소식을 들은 것은 신입 회원 환영식이 끝나고 얼마 지나지 않아서였다.

불안하고 불편했다.

그녀는 자신과 다르게 사교성이 뛰어났고 성격도 활발해서 남자들에게 인기가 많을 수밖에 없는 여자였다.

그런 허윤정이 박강호를 마음에 두었다는 건 커다란 위협으로 느껴졌다.

하지만 시간이 지나자 박강호를 향하던 그녀의 마음은 점차 희미해지더니 최근엔 강남의 유명한 성형외과 아들이라는 2학년 서클 선배와 사귄다는 소문이 돌았다.

어찌 보면 당연한 일인지도 모른다.

그 정도로 예쁘고 활달한 여자가 박강호를 기다리며 춘향이처럼 산다는 건 말도 안 되는 일이기 때문이다.

박강호는 환영회가 열린 이후부터 모습을 찾아보기 어려웠다.

서클 룸에 자주 온다고는 들었으나 수업 시간이 다르기 때문에 엇갈리기 일쑤였고, 운이 좋아 만나게 되어도 오랜 시간 대화할 수 없었다.

또한 그는 같이 밥 먹자는 동아리 회원들의 요청에 응한 적이 없었다.

서클 룸에 있다가도 점심시간이 되면 사라지는 게 반복되었는데 어쩌다 기회가 생겨도 그는 약속이 있다며 가차 없이 자리를 떴다.

더 괴로운 것은 방과 후에 그를 볼 수 없다는 것이었다.

서클의 특성상 회원 간의 교류는 대체적으로 저녁에 술잔을 기울이며 이루어졌지만 그는 한 번도 저녁 술자리에 참석한 적이 없었다.

미치고 환장할 일이었다.

처음으로 호감을 가진 남자가 마치 실체 없는 바람처럼 그녀의 앞에서 떠돌고 있으니 마음의 갈피를 잡지 못했다.

누구처럼 마음을 바꿔 다른 남자를 사귀기에는 그녀가 지닌 순수함과 박강호에 대한 호감이 너무 컸기에 그녀는 고민 속에서 하루하루를 보냈다.

용기를 내서 시간을 내달라는 말도 몇 번 했으나 박강호는 그녀의 요구에 응하지 않았다.

도대체 이유가 뭘까?

너무 답답해서 그와 친한 고홍준과 최현승에게 물었으나 그들도 모른다며 딱 잡아뗐기 때문에 더 이상 물어보지 못했다.

그들에게 들은 건 박강호가 집안일 때문에 저녁 시간을 전혀 내지 못한다는 것뿐이었다.

커피를 뽑아 바깥으로 나왔다.

한 시간이 넘도록 기타 연습만 했더니 손가락이 아파왔고 집중력도 떨어졌다.

하지만 진짜 이유는 답답해서였다.

윤선아는 오늘도 박강호가 오기를 기다리고 있었으나 30분 전에 고홍준과 최현승만 왔을 뿐 그는 나타나지 않았다.

친구들이 왔다는 것은 그가 올 확률이 크다는 것이기 때문에 오늘은 나타나면 기필코 도대체 뭘 하고 다니는지 따져볼 생각이다.

허윤정처럼 직접적으로 말하진 않았지만 분명 그는 느끼고 있을 것이다.

자신이 그토록 오랜 기간 호감을 보였으니 모른다는 건 말도 안 되는 일이었다.

그런데도 박강호는 모르쇠로 일관하며 자신을 답답하게 만들었다.

커피 잔을 들고 천천히 복도를 걸어 나가자 창밖에서 고흥
준과 최현승이 담배를 문 채 대화를 나누는 것이 보였다.

숨을 죽였다.

일부러 들으려 한 것은 아니었으나 두 사람의 입에서 박강
호의 이야기가 나왔기 때문에 윤선아는 창에서 뒤로 한 발자
국 물러선 채 기척을 내지 않았다.

"강호 이놈, 괜찮을까?"

"글쎄 말이다. 아무리 젊어도 힘들 텐데 걱정이야."

"막노동은 그만뒀다며?"

"방학 동안만 한 거래. 학교 다니면서 할 수 있는 일이 아니
잖아."

"도대체 얼마나 가난하기에 등록금을 직접 벌어. 용돈도 지
가 벌어서 쓴다고 했잖아."

"그러니까 말이지. 그렇게 뼈 빠지게 일했는데도 등록금을
간신히 냈단다. 우리가 생각한 것보다 돈 벌기가 쉽지 않은가
봐."

고흥준이 담배 연기를 깊게 빨아들이며 입맛을 다셨다.

그는 박강호의 이야기를 할 때마다 인상을 펴지 못했는데
나이가 두 살이나 많으면서도 부모의 덕으로 아무런 걱정 없
이 학교를 다니는 자신을 부끄러워했다.

그가 생각하는 박강호는 정말 대단한 놈이었다.

힘들게 일했지만 수업 시간이 되면 무섭게 집중해서 공부할 시간이 턱없이 부족했음에도 낙제를 당한 과목이 하나도 없었다.

물론 자신들의 도움도 있었지만 박강호의 집중력은 그만큼 무서울 정도로 대단했다.

박강호의 그런 집중력은 기타 연주에서도 나타났다.

수업이 없는 틈틈이 시간 날 때마다 서클 룸에 와서 기타 연습을 했는데 놈의 실력은 이미 2학년의 수준을 훨씬 뛰어넘고 있었다.

물론 고등학교 때 통기타를 친 것이 도움이 되었겠지만 그의 클래식 기타 연주 실력은 빠르게 성장해서 선배들마저 인정할 정도였다.

학교에서는 언제나 셋이 다녔으나 학교가 끝나면 박강호는 일을 가야 했기 때문에 얼굴 보기 힘들어진 게 벌써 6개월이 넘었다.

그나마 학교에 있을 때는 같이 있었는데 오늘은 그마저도 여의치 않았다.

최현승이 불쑥 입을 연 것은 고홍준이 커피 잔에 담배를 꺼서 쓰레기통에 버릴 때였다.

"언제까지래?"

"내일까지 해야 된다네. 웨이터가 둘이나 빠졌단다. 하나는 맹장 수술을 했고 하나는 아버지가 돌아가셔서 나올 수가 없는 상황이래. 그래서 사장이 특별히 부탁해서 어쩔 수가 없다는 거야."

"그래도 수업은 빠진 적이 없었잖아."

"그랬지. 그래도 한시적이라니까 다행이야. 씨발, 그놈의 인생이 뭔지……."

말을 흐리며 고홍준이 발걸음을 돌렸다.

어차피 계속 말해봐야 마음만 무거워질 뿐이다.

그러나 고홍준은 발걸음을 옮기지 못하고 제자리에 우뚝 서야 했다.

어느새 윤선아가 다가와 자신을 빤히 바라보고 있었기 때문이다.

그녀의 목소리는 한겨울에 부는 바람처럼 차가웠고 더없이 가라앉아 있었다.

"강호, 일하는 데가 어디야?"

정말 지랄맞은 일이다.

하필이면 대학에 올라와 처음으로 마음을 준 놈이 찢어지게 가난한 집안의 막내아들이라니…….

그녀에게 보여준 박강호의 행동은 자존심 때문이었을 것

이다.

사실을 털어놓지 않은 채 자신의 마음을 애써 외면한 것은 사내로서의 마지막 자존심을 지키기 위한 몸부림인 게 분명했다.

그럼에도 화가 나서 어쩔 줄을 몰랐다.

지금까지 애태우던 모든 것이 그런 이유 때문이었다는 게 너무나 억울하고 분해서 참을 수가 없었다.

미리 알았더라면 이런 열병 속에서 불면의 밤을 보내지는 않았을 터이다.

아버지는 세무 공무원으로 재직하시며 안정적인 직장 생활을 하셨고, 집안일을 돌보는 엄마의 품성은 자애롭고 너그러워 언제나 그녀의 가정은 화목했다.

더군다나 어려서부터 예쁜 외모로 인해 다른 사람의 이목을 한 몸에 받다 보니 자존심도 강해졌고 사람 보는 눈도 점점 높아졌다.

대학에 들어오면서 누구보다 행복한 시간을 보낼 거라 생각했다.

공부는 물론이고 자신의 삶을 풍족하게 만들어줄 수 있는 모든 것에 최선을 다하고자 했다.

그중 하나가 멋진 남자를 만나 꿈결같이 아름다운 사랑을 해보는 것이었다.

박강호를 처음 봤을 때는 운명의 남자란 생각을 가지지 않았다.

강렬한 눈빛을 가졌고 다른 남자와는 다르게 자신에 대해서 전혀 미련을 남기지 않았다는 것이 의외였으나 결코 첫눈에 반한 것은 아니었다.

그러나 클래식 기타반에 들어와 계속 부딪치면서 자신도 모르게 점점 깊은 수렁 속으로 빠져들어 가기 시작했다.

이래서는 안 된다고 생각했지만 멈출 수가 없었다.

여자는 남자의 사랑을 받아야 행복해진다는 말을 엄마에게 수도 없이 들었지만 사랑은 그녀의 마음대로 흘러가는 것이 아니었다.

짝사랑.

예전에는 그토록 아름답게 느껴지던 단어가 막상 그녀에게 닥치자 견디기 어려울 정도의 고통으로 다가왔다.

짝사랑이란 그 자체만으로도 심장이 찢어지는 것과 같은 고통이 동반된다는 것을 처음으로 알게 되었다.

그러나 아프면서도 아름다웠다.

고통 속에 행복함이 숨어 있기 때문에 견뎌 나갈 수 있다는 것을 알았고, 기적처럼 이루어질지도 모른다는 희망이 있기에 아픔을 감내한다는 것도 알았다.

하지만 막상 박강호의 처지를 들은 후 그 희망이 사라져 가자 윤선아의 가슴에는 깊은 절망이 들어찼다.

사랑은 어떤 조건도 견뎌낼 수 있다는 말은 이제 막 사랑을 시작하고자 하는 그녀에게는 어울리지 않는 것이었다.

가난으로 인해 친구들과 점심조차 같이하지 못하는 남자.

자신의 가난을 숨기기 위해 필사적으로 노력하는 남자에게 자신의 사랑은 한낱 사치에 불과할 뿐이었다.

자신 또한 마찬가지였다.

아무것도 없는 남자를 사랑하면서 아름다운 대학 생활을 고통 속에서 보낸다는 것은 어리석은 선택임이 분명했다.

그랬기에 몇 날 며칠을 불면의 밤을 보내며 그녀는 마음속에서 그를 떠나보낼 변명을 만들었다.

박강호는 유복한 가정에서 자라온 그녀와 전혀 어울리지 않는 남자였다.

박강호는 정신없이 움직이며 주문을 받았다.

오늘따라 '청혼'은 손님들로 인해 문전성시를 이루고 있었는데, 아마 요즘 한창 뜨고 있는 임형택이 오늘 출연 가수 중에 포함되어 있기 때문일 것이다.

라이브카페는 가게 특성상 어떤 가수가 출연하느냐에 따라 매상에 막대한 영향을 미치기 때문에 사장인 조세현은 좋은 가수를 섭외하기 위해 많은 노력을 기울였다.

'청혼'은 미사리에 있는 카페와는 달리 젊은 층을 타깃으로 했기 때문에 출연하는 가수도 대부분 새로 뜨는 신인들이었다.

특히 임형택은 신인 중에서 톱으로 요즘 방송에까지 출연할 정도로 유명세를 타고 있는데 얼굴까지 잘생겨서 젊은 여성들에게 인기가 많았다.

8시가 다 되어가자 홀이 거의 꽉 찼다.

임형택의 순서는 8시 30분부터 9시까지이기 때문에 손님들은 미리 들어와 저녁을 먹으며 그를 기다리는 중이었다.

홀에서 서빙하는 인원은 열 명이었고 카운터와 지배인, 그리고 주방까지 감안한다면 '청혼'에서 일하는 사람은 스물한 명에 달했지만 좌석이 무려 230석이나 되었기 때문에 오늘처럼 이렇게 만원이 될 경우에는 모두 정신없이 움직일 수밖에 없었다.

'청혼'이 긴장 상태에 빠져든 것은 조 사장이 한 통의 전화를 받고 난 후부터였다.

조세현은 8시를 가리키는 핸드폰의 액정 화면을 확인하며 수화기에 대고 악을 써댔다.

임형택을 태운 컨버전 밴이 올림픽대로에서 뒤집어지는 교통사고가 났다는 것이다.

입맛이 썼다.

교통사고가 났다지만 이건 핑계일 수도 있기 때문에 강하
게 나갈 필요성이 있었다.

지금 한창 주가를 올리고 있는 임형택은 언제 어디서든 채
갈 놈이 즐비할 정도로 팬이 많아서 다른 가게로 빼돌렸을 가
능성이 컸다.

"김 사장님, 알았으니까 형택이만 먼저 택시 태워서 보내
요."

─형택이는 다쳐서 병원에 보냈어.

"정말 이럴 겁니까? 나 죽는 꼴 보려고 그래요? 지금 가게에
손님들이 형택이 보려고 꽉 차 있단 말입니다. 설마 나 엿 먹
이는 건 아니죠?"

─씨발, 나도 의리가 있는 놈이야. 정 못 믿겠으면 조금 이
따가 뉴스 보면 될 거 아냐.

"정말입니까?"

─꽤 많이 다쳤어. 조 사장 사정 잘 알지만 밴에 탄 놈들이
전부 박살이 난 상태라니까. 지금 일할 상황이 아니라고.

"그럼 가게에 들어온 손님들은요? 전부 그놈 보겠다고 온
사람들인데 난 어쩌라고요?!"

─야, 일단 끊어. 내가 일부러 그런 거 아니잖아. 나도 미칠
지경이니까 나중에 통화해!

정인엔터테인먼트 사장은 워낙 여우라서 무슨 짓을 벌일지 모를 인간이지만 뉴스까지 들먹이면서 소리를 질러대는 게 교통사고가 난 건 사실인 모양이었다.

더군다나 아예 핸드폰까지 꺼놨기 때문에 더 이상 통화도 되지 않았다.

참으로 미치고 펄쩍 뛸 일이었다.

임형택에 이어 다음 공연을 맡은 놈도 같이 밴을 타고 오던 중이었기 때문에 라이브카페 '청혼'의 오늘 공연은 물거품이 된 것이나 다름없게 되었다.

여기저기 수소문을 해봤으나 당장 자리에 앉힐 만한 가수를 구하는 건 쉬운 일이 아니었다.

그렇다고 공연을 하지 않는다면 손님들의 불만이 극에 달할 테니 어쩌면 환불까지 해줘야 될지도 몰랐다.

이제 남은 시간은 20분.

임형택을 기다리는 손님들에게 양해를 구하고 이 사태를 진정시키기 위해서는 어떤 방법으로라도 무대를 채우는 게 무엇보다 중요했다.

"사장님, 제가 해도 되겠습니까?"

"네가 뭘 해?"

"지배인님한테서 오늘 공연에 올 가수들이 교통사고를 당했다는 소릴 들었습니다. 무대를 채우지 않으면 아주 곤란한 상황이 발생할 거라고 하던데 제가 시간을 메워보겠습니다."

"너 노래 해본 적 있어?"

"노래보다는 제가 기타를 조금 칩니다. 마침 연주회가 있어서 연습한 곡들이 있으니까 부족하지만 어느 정도 커버링은 할 수 있습니다."

"정말이냐? 몇 곡이나 칠 수 있어?"

"세 곡 정도는 가능합니다. 15분 정도는 버틸 수 있습니다."

"아우, 씨발! 살았다!"

여기저기 미친 듯이 전화하던 그는 박강호가 다가와 말을 붙였을 때 가자미눈으로 째려봤는데 이야기가 끝나자 만세라도 부를 태세였다.

박강호가 기타 발표회 때문에 요즘 열심히 연습한다는 소리를 스쳐 들은 적이 있는데 이것이 구사일생이 될 줄은 꿈에도 생각지 못했기 때문이다.

설마 발표회까지 나갈 정도면 깽판은 치지 않겠지.

더군다나 그동안 겪어본 박강호의 성격상 자신이 없으면 나서지도 않았을 테니 믿고 맡겨보는 수밖에 없었다.

조금만 버텨주면 된다.

간신히 한 놈을 섭외했기 때문에 박강호가 조금만 버텨주면 손님들의 불만을 무마할 수 있는 가능성이 있었다.

그랬기에 그는 박강호를 데리고 방으로 들어가 그럴듯한 와이셔츠로 갈아입혔다.

웨이터 복장으로 무대에 서게 할 수는 없으니 최대한 멋진 모습으로 변신시킬 필요성이 있었다.

박강호는 천천히 걸어 무대로 올라갔다.

사장이 직접 나서서 오늘 공연하기로 되어 있던 임형택의 사고 소식을 전했지만 손님들은 실망감을 감추지 못하고 박강호가 의자에 앉았어도 술렁임을 멈추지 않았다.

당연한 반응이다.

간절히 기대하고 있던 가수 대신 박강호가 클래식 기타를 들고 나타나자 손님들은 야유를 보냈는데 식사를 마치고 공연을 기다리던 사람들은 상당수 자리를 뜨기까지 했다.

불가피한 사정이란 그들에게 적용되지 않았다.

돈을 내고 비싼 음식을 먹은 것은 임형택이란 가수를 보기 위한 투자였으니 그들이 불만을 터뜨리는 것은 어쩌면 당연한 일이었다.

당황스러웠으나 침착해야 했다.

여기서 자신을 통제하지 못하게 되면 '청혼'은 관객들의 불만을 잠재우지 못하고 엄청난 손실을 입게 될지도 몰랐다.

천천히 기타의 튜닝을 마친 박강호는 의자에서 일어나 정중하게 인사를 했다.

박강호가 이렇게 사람들 앞에 나선 것은 사장의 어려움을 해소시키기 위한 것도 있었지만 무사히 공연을 마쳤을 때 돌아올 보수 때문이기도 했다.

가수들은 웨이터들이 받는 것보다 훨씬 큰 보수를 받기 때문에 박강호가 오늘 무사히 연주를 마칠 수 있다면 상당액을 보상받을 수 있을 것이다.

그가 연주회를 위해 준비한 곡은 'Branle Gay', 'Volt', 'The Parlement'였다.

박강호가 워낙 뛰어난 실력을 가졌기 때문에 선배들은 신입생임에도 불구하고 중급의 곡들을 선정해서 독주를 준비시켰는데 수업 중간중간 워낙 열심히 연습했기 때문에 악보를 보지 않고도 칠 만큼 익숙해져 있었다.

잠시 호흡을 고른 박강호는 먼저 'Branle Gay'를 연주하기 시작했다.

술렁거리던 실내가 기타에서 울려나오는 청아한 음을 따라 순식간에 조용해졌다.

'Branle Gay'는 음표 하나하나의 잔향이 어우러져 일정한 화음을 이루기 때문에 좀 더 달콤하게 들리지만 템포의 강약이 명확하게 구분되는 곡이었다.

클래식 기타를 연마하는 사람들에게는 교과서적인 곡이었

으나 일반인들에게는 잘 알려지지 않아 듣기에 따라 지루하게 여겨질 수도 있었다.

익숙한 것에 대한 보편적 편향의 반작용은 관객의 집중을 산만하게 만드는 가장 큰 요소이기도 했다.

아무리 아름다운 선율도 듣는 사람의 마음을 사로잡지 못한다면 음악으로서의 역할을 다 하지 못하게 되는데 박강호의 연주가 그랬다.

그것을 증명하듯 'Branle Gay'가 끝나고 'Volt'가 연주될 때부터 사람들 사이에서 대화가 시작되었다.

박강호가 사람의 영혼을 끌어당기는 대단한 기타리스트가 아닌 이상 관객의 집중을 연주 내내 끝까지 끌어내는 건 처음부터 불가능한 일이었는지도 모른다.

관객들의 반응이 최악으로 치닫기 시작한 건 'The Parlement'가 중반부를 넘어설 때부터였다.

짜증.

그렇다. 관객들은 박강호의 연주에 짜증 섞인 반응을 보이기 시작했다.

임형택을 보기 위해 애써 시간을 내어 '청혼'에 온 사람들은 그에 걸맞은 보상을 원했지만 박강호의 연주로는 그들을 만족시킬 수 없었다.

윤선아는 오랜 고민 끝에 박강호를 잊겠다는 결심을 굳혔다.

'청혼'을 찾은 것은 그런 그녀의 결심을 확정하기 위해서였다.

가게에서 일하는 박강호의 모습을 보게 되면 훨씬 쉽게 잊을 수 있을 거란 판단이었다.

웨이터로 일하며 손님들의 비위를 맞추는 초라한 그의 모습은 잊겠다는 결심을 확고하게 만들어줄 수 있는 이유로 충분할 거라 생각했다.

그래, 미련이란 것도 부인하지 못한다.

어쩌면 마지막으로 사랑하던 남자를 보고 싶다는 미련이 그녀를 이곳으로 이끄는 결정적인 이유였는지도 모른다.

오늘따라 마지막 수업이 5시까지 있었고, 연주회 준비를 위해 서클 룸에 가서 두 시간 정도 연습을 한 후 '청혼'이 있다는 사당동으로 향했다.

선배들은 그녀를 포함해서 실력이 부족한 사람들을 모아놓고 특별 과외를 했기 때문에 일찍 빠져나오는 게 어려웠는데 막상 '청혼'까지는 꽤나 시간이 걸려 8시가 다 되어서야 도착했다.

'청혼'은 사람들로 가득 차 있었다.

장사가 무척 잘되는 곳이란 생각은 입구에 도착해서 임형택의 공연 포스터를 보고 나서 더욱 굳어졌다.

이런 유명 가수들을 출연시킨다면 음식 맛이 보통만 되어도 충분히 손님들을 끌어모을 수 있을 것이다.

겨우겨우 맨 끝 쪽에 남아 있는 빈 좌석을 찾아 앉은 그녀는 고개를 빼 들고 박강호를 찾았다.

하지만 홀에는 워낙 사람이 많았기 때문에 웨이터가 다가와 주문을 받아 간 후에도 한참이 지나서야 홀 맨 앞쪽에서 그를 찾아낼 수 있었다.

와이셔츠에 받쳐 입은 까만 조끼.

이곳 '청혼'의 웨이터들은 똑같은 복장으로 통일하고 있었는데 그토록 잘생긴 박강호도 웨이터 복장을 하고 있자 다른 사람과 비슷해 보였다.

그는 정신없이 움직이며 서빙에 몰두하고 있었다.

손님들에게 주문을 받고 음식을 나르며 뛰다시피 움직였다.

손님이 먹고 남은 음식을 치우는 그의 모습은 여지없이 궁핍한 생활고에 찌든 젊은 청춘을 보여주고 있었다.

이 모습을 보기 위해 왔다.

더 낯설고 더 초라한 모습을 보면 더 쉽게 그를 잊을 수 있을 테니까.

조금의 시간이 지나자 주문한 스테이크가 나왔다.

이제 그의 모습을 봤으니 더 이상 여기에 남아 있을 이유가 없었다.

최대한 빨리 스테이크를 먹고 자리를 뜰 생각이다.

혹시라도 그가 내 모습을 본다면 애써 굳힌 이별의 마음을 들키게 될지도 모르기 때문이다.

하지만 그녀의 그런 생각은 박강호가 무대로 나오는 순간 순식간에 하늘 저편으로 날아가 버리고 말았다.

임형택이 교통사고로 오늘 공연을 할 수 없다는 안내 멘트가 끝난 후 얼마 지나지 않아 어느새 옷을 갈아입은 박강호가 기타를 들고 무대에 섰기 때문이다.

너무 놀라 포크를 내려놓고 하염없이 바라보았다.

웨이터로 일한다고 들었는데 어쩐 일이지?

의문이 솟아났지만 그녀는 그 의문을 오래 생각하지 못했다.

그가 무대에 서는 순간 관객들이 술렁거렸는데 임형택이 나오지 않는 것에 대한 불만이 대부분이었고 어떤 사람은 무대에 선 박강호에게 야유까지 퍼붓고 있었다.

그의 잘못이 아니잖아!

옆에서 떠들고 있는 젊은 남녀를 향해 소리를 지르고 싶었다.

이유를 알 수 없었지만 무대에 선 박강호를 향해 비난을 퍼붓는 사람들을 향해 왜 욕을 하느냐며 따지고 싶었다.

불쌍했다.

사람들에게 비난을 받으며 어쩔 줄 모른 채 서 있는 그가 너무나 불쌍해 힘껏 달려가 안아주고 싶었다.

그러나 그럴 수는 없었다.

몇 날 며칠 수많은 번민 끝에 내린 결론을 한순간의 감정으로 망가뜨려서는 안 되었다.

천천히 자리에 앉은 그가 연주를 시작하는 걸 보며 두 손을 꼭 쥐었다.

그의 연주는 연주회를 위해 준비한 곡으로 그녀도 몇 번 들어본 적이 있었다.

훌륭했다.

신입생으로서는 상상하지 못할 정도로 훌륭한 그의 연주에 그녀는 넋을 잃고 한 음도 놓치지 않으려 노력했다.

얼마나 많은 노력을 한 것일까.

도대체 얼마나 숨어서 노력을 했기에 저토록 훌륭한 연주를 할 수 있단 말인가.

그녀로서는 전혀 흉내조차 내지 못할 정도의 선율이 홀을 휩쓸고 지나가는 걸 들으며 그녀는 소름 끼치는 전율을 느껴야만 했다.

하지만 첫 번째 곡을 침묵 속에서 감상하던 관객들은 두 번째 곡이 시작되면서 그의 연주에 흥미를 잃기 시작했다.

여전히 훌륭한 연주였지만 관객들은 옆 사람과 대화하면서 떠들기 시작했다.

그리고 그 소리는 세 번째 곡이 연주될 때는 더욱 커져 거의 시장판처럼 변해갔다.

어리석은 사람들.

이토록 아름다운 선율을 알아보지 못하는 귀를 가졌으니 그들은 귀머거리나 다름없었다.

안타깝고 또 안타까워 눈물이 나왔다.

저렇게 혼신의 힘을 다해 연주를 했음에도 관심조차 받지 못하는 그가 너무 불쌍해서 가슴이 먹먹하게 아파왔다.

그때 연주를 끝낸 박강호가 자세를 고치면서 마이크를 입으로 가져갔다.

그는 클래식 기타 연주 자세를 풀고 마치 노래하려는 사람처럼 자세를 바꿨는데 얼굴에는 눈부시게 하얀 미소가 걸려 있었다.

조세현은 안절부절못하며 박강호의 무대를 지켜봤다.

시간이 흐를수록 손님들은 강호의 연주를 듣지 않았고 또다시 불만을 표출하기 시작했다.

불만을 가라앉히기 위해 편법을 쓴 것이 오히려 더 역효과를 낸 것 같아 미치도록 화가 났다.

처음부터 잘못된 판단인지도 모른다.

유명 가수의 노래를 듣기 위해 찾은 사람들에게 클래식 기타 연주를 하게 만든 것 자체가 말도 안 되는 바보 같은 짓이었다.

더군다나 박강호는 이제 겨우 초보자를 면할 정도의 실력을 지녔으니 손님들의 관심을 끌어낸다는 건 애초에 불가능에 가까운 일이었다.

그런데도 무대에 세운 것은 다른 방도가 없었고 너무나 당황스러워 상황 판단을 제대로 하지 못한 자신의 잘못 때문이었다.

한숨이 연거푸 흘러나왔다.

이대로라면 급하게 섭외한 가수가 오기 전에 '청혼'은 손님들의 불만으로 난장판이 될지도 몰랐다.

벌써 가게를 운영한 지 3년.

'청혼'의 문을 연 후 오늘처럼 힘들고 괴로운 적은 한 번도 없었는데 오늘은 마치 지옥 길을 걷는 것처럼 고통스러운 시간이 흐르고 있었다.

다른 장사와 마찬가지로 라이브카페 역시 신용으로 먹고산다.

단 한 번의 실수는 곧바로 엄청난 매출 손실로 이어지기 때문에 앞으로 어떤 결과가 벌어질지 상상조차 할 수 없었다.

불안하고 초조했다.

이대로라면 자신의 생각대로 최악의 상황까지 몰릴 가능성이 너무나 컸다.

아버지에게 물려받은 돈을 전부 투자해서 차린 '청혼'은 그의 전부나 다름없었는데 이대로 망가진다고 생각하자 머리를 쥐어뜯을 만큼 커다란 고통이 찾아왔다.

생각 같아서는 불만을 터뜨리는 놈들을 하나씩 찾아가서 박살을 내고 싶었으나 그래서는 안 된다는 것을 너무나 잘 알고 있기에 거친 숨만 뿜어내며 의자에서 움직이지를 못했다.

눈은 충혈되었고 손에서는 연신 진땀이 흘러내렸다.

이대로 더 방치했다가는 더 이상 돌아오지 못할 다리를 건너게 될지도 몰랐다.

그랬기에 부대로 올라가 약속을 지키지 못한 것에 대한 사과를 하고 모든 음식값을 받지 않겠다는 말을 하려 했다.

비록 막대한 매상 손해가 있겠지만 신용을 지키는 것이 훨씬 현명하다는 판단에서였다.

믿을 수 없는 기적이 일어난 건 조세현이 자리를 박차고 일어나 무대로 나가려 할 때였다.

기타를 옆으로 세운 박강호는 소란스럽게 변한 장내를 바라보며 잠시 침묵을 지키다가 천천히 입을 열었다.

그는 미안한 얼굴로 엷은 웃음을 짓고 있었는데 관객들의 반응을 당연한 것처럼 여기는 것 같았다.

"부족한 실력으로 연주를 해서 불편하게 해드린 점 죄송스럽게 생각합니다. 임형택 씨의 불의의 교통사고로 갑자기 준비한 연주였기 때문에 많이 모자랐을 겁니다. 실망하신 여러분께 제 노래가 조금이나마 즐거움을 드렸으면 좋겠습니다."

멘트가 끝나고 기타의 현을 매만지던 박강호의 손이 부드럽게 움직이기 시작했다.

아르페지오와 셔플, 그리고 슬로우 록이 혼합된 전주는 처음부터 관객들의 불만 섞인 대화를 차단할 정도로 강렬해서 순식간에 홀을 정적 속에 빠뜨려 버렸다.

익숙하고도 아름다운 기타의 선율.

클래식 기타의 낯섦을 날려 버리는 그의 기타 선율은 손님들이 그토록 기다리던 임형택의 대표곡 '사랑을 시작한 연인들'의 전주곡이었다.

임형택의 장점은 폐부를 찌를 듯한 고음이었다.

노래의 도입부에서는 은은하고 부드럽게 진행하다가 절정의 순간에 3옥타브까지 올라가는 고음으로 청중들을 매료시켰는데 무대 앞에서 들은 여자 관객들이 오줌까지 지렸다는 소문이 돌 정도였다.

그러나 박강호의 노래는 달랐다.

무서울 정도로 심장을 울리는 저음.

Dm으로 시작하던 노래를 Am으로 바꿔 한 옥타브 이상 내려 버린 그의 저음은 사람들을 숨 쉴 수 없게 만드는 묘한 긴장감을 불러일으켜 노래에 집중할 수밖에 없는 마력을 만들어냈다.

누가 돌려줄까, 그 아름다운 날 첫사랑의 그때를.

누가 돌려줄까, 그 아름다운 시절의 추억.

쓸쓸히 나는 이 상처를 키우며 끊임없이 되살아나는 슬픔에 잃어진 행복을 슬퍼하고 있으니,

누가 돌려줄까, 그 아름다운 날들 첫사랑의 그 즐거운 때를.

도입부에서 끝없이 내려갈 것만 같은 저음으로 시작된 노래가 절정부를 향하면서 점점 거침없이 올라가기 시작했다.

임형택처럼 폐부를 찌를 듯한 고음은 아니었으나 워낙 저음에서 시작된 노래였기 때문에 박강호의 고음은 사람들의 혼을 뺏을 것만큼 충분히 압도적으로 강렬했다.

고음의 연속.

절정부를 휘몰아치는 박강호의 노래는 임형택에게서 볼 수 없던 아련함이 담겨 있었고, 가사와 동화된 감정이 줄줄이 새어 나와 관중을 잠시도 한눈팔지 못하도록 붙잡아두었다.

더군다나 현란하게 울려 퍼지는 기타의 선율은 노래와 절묘하게 어우러지며 백 뮤직에 익숙해져 있는 청중의 귀에 충격을 주었다.

이것이 라이브의 힘이었다.

혼자 연주하면서 사람들과 교감을 나누는 노래를 부르는 것은 톱클래스의 통기타 가수가 아니라면 불가능에 가까운 일이다.

임형택이 요즘 한창 뜨고 있는 가수였고 가창력이 훌륭하다는 것은 인정하나 별도의 연주자가 없다면 노래를 부를 수 없다는 단점이 있어 이렇게 소규모의 무대에서 노래를 부른다면 박강호처럼 사람들을 감동시키는 것은 쉽지 않은 일이었다.

이윽고 절정부를 지나 노래가 끝이 나자 홀은 정적에 사로잡혔다.

그런 후 잠시의 시간이 지나자 우레와 같은 박수가 터지며 앙코르를 외치는 목소리가 울려 퍼졌다.

관객들은 진심으로 박강호가 또다시 그들의 심장을 행복하게 만들어주기를 간절히 바라는 것처럼 보였다.

윤선아는 박강호가 노래를 하겠다는 멘트를 날리자 불안에 몸을 떨었다.

지금까지 그녀는 한 번도 박강호가 노래하는 것을 들은 적이 없기 때문에 또다시 관중들에게 야유를 받게 될지 모른다는 걱정이 앞섰다.

연주를 하면서 얼마나 많은 야유를 받았는가.

그것만으로도 충분히 아팠을 텐데 그는 무슨 배짱으로 노래를 하겠다는 건지 도대체 이해가 되지 않았다.

하지만 강렬한 전주곡이 흘러나오자 윤선아는 숨을 멈추고 말았다.

그녀도 알고 있는 노래.

오늘 주 무대를 꾸미기로 한 임형택의 '사랑을 시작한 연인들'이 분명했다.

비록 편곡을 해서 음이 내려갔으나 최근에 워낙 많이 들었기 때문에 단숨에 알 수 있었다.

박강호를 짝사랑하면서 이 노래를 자주 듣게 되었다.

그녀의 마음을 대변해 주는 것처럼 아름답고 슬픈 가사는 그녀를 매료시키기에 충분했다.

기타를 잘 친다는 생각은 늘 해왔지만 막상 클래식에서 벗어난 포크 주법으로 연주가 시작되자 그 매력은 상상을 훨씬 초월했다.

도대체 그녀는 박강호의 어디까지 알고 있는 것일까.

아르페지오와 슬로우 록 주법, 그리고 셔플까지 가미되어 여섯 개의 현을 오르내리는 그의 손은 마치 마술을 부리는 것처럼 현묘했다.

그러나 그녀를 더욱 놀라게 만든 건 전주곡에 이어 흘러나온 박강호의 노래였다.

완벽한 저음.

그냥 저음이 아니라 영혼을 울리는 저음이었다.

그리고 점점 절정으로 치닫는 그의 노래는 마치 어렵고 힘든 생활에 지친 청춘의 절규로 들렸다.

불쌍한 사람.

무엇을 위해 그토록 힘든 나날을 보낸단 말인가.

자신도 모르게 눈물이 흘렀다.

그리고 그 눈물은 노래가 끝났을 때 온 얼굴을 적시고 심장을 찢어버릴 만큼의 아픔으로 고개를 들지 못하게 만들었다.

여기에 오면서 끊어버릴 수 있을 거라 생각했다.

초라한 그의 모습을 본다면 자신의 짝사랑은 현실에 적응하며 금방 수그러들 것이라 생각했다.

하지만 그렇지 않았다.

지금 흘러내리는 눈물과 안타까운 마음으로 그를 보듬고 싶어 하는 감정은 절대 그를 잊지 못한다는 것을 알려주는 것이었다.

사랑!
아, 이 지독한 사랑아!
나는 어쩌란 말인가?

제9장
MT(Membership
Training)

　사람에게는 막다른 골목에 몰리면 기적을 만들어내는 힘이
있는 모양이다.

　그날 박강호가 관객들 앞에서 사람의 영혼을 끌어당기는
노래를 부른 것도 그중 하나였다.

　고등학교 때부터 노래를 잘한다는 소리는 들었지만 자주
한 건 아니었고 따로 노래 연습을 지속적으로 한 게 아니었음
에도 사람들을 감동시킬 수 있던 것은 삶의 터전이 되어버린
'청혼'이 위기에 처하는 걸 간절히 막고 싶었기 때문이다.

　염원.

무엇인가를 반드시 이루고 싶은 사람은 자신도 모르게 온 정신을 집중하게 되는데 그날 그의 노래에 감동이 실린 것도 바로 그런 이유 때문일 것이다.

임형택의 노래를 시간이 날 때마다 연습해 둔 것도 기가 막힌 인연으로 작용했다.

그가 임형택의 노래를 연습하게 된 것은 우연히 윤선아가 '사랑을 시작한 연인들'이란 노래를 즐겨 듣는다는 걸 알고 난 후부터였다.

사랑.

그래, 그에게는 사치스러운 단어였다.

그럼에도 윤선아를 볼 때마다 가슴이 아려왔다.

그녀의 사슴 같은 눈망울이 자신에게 향할 때마다 애써 눈을 피하며 이를 악물었다.

사랑은 사치스러운 것이었고, 그의 처지로는 절대 해서는 안 되는 것이었지만 그녀의 눈을 볼 때마다 마음이 아파오는 것을 막을 수 없었다.

얼떨결에 한 노래가 청중들에게 좋은 반응을 보이면서 박강호는 '청혼'에서 노래할 수 있는 기회를 얻었다.

조세현은 그로 인해 위기를 넘기게 되자 상당액의 보상금을 주었는데 거의 반달 치 월급에 해당하는 금액이었다.

더군다나 웨이터 일이 거의 끝나가는 마지막 순서에 노래를 할 수 있도록 배려해 줬기 때문에 월급은 거의 배로 뛰었다.

우연과 인연, 그리고 기회는 언제나 쌍으로 찾아오는 모양이었다.

신입생 연주회가 1주일 앞으로 다가오자 클래식 기타반은 긴장 속으로 빠져들었다.

아직 실력이 영글지 않은 상태에서 열리는 연주회이기 때문에 선배들은 신입생들을 사정없이 독려하며 조금이라도 실수하지 않기를 바랐다.

실수가 없을 수는 없겠지만 관객들 앞에서 하는 연주인 만큼 클래식 기타반의 명예를 위해서도 창피를 당하는 일은 없기를 선배들은 원했다.

시간은 정신없이 흘러갔다.

신입생들이 연습에 몰두하는 동안 선배들은 포스터를 제작해서 학교 곳곳에 붙이는 작업을 했고, 티켓을 만들어 관객들을 유치하느라 정신이 없었다.

돈을 벌기 위함이 아니었기 때문에 최소한의 관람료만 받았지만 신입생 연주회에 관객을 끌어모으는 건 쉬운 일이 아니었다.

수준 떨어지는 신입생들의 재롱잔치에 돈까지 내면서 시간을 낭비하는 걸 사람들은 미친 짓이라고 생각했기 때문이다.

그랬기에 선배들은 각종 편법을 동원해서 객석을 채우기 위해 노력했다.

자신의 돈으로 티켓을 사서 친구들에게 무료로 나눠 주는 사람도 있었고, 어떤 선배는 과 사무실에 티켓을 비치해 놓고 강매를 하기도 했다.

연주회 당일이 되자 서클 룸은 전쟁터에 나가는 군인처럼 엄청난 중압감에 숨조차 쉬기가 어려웠다.

난생처음 하는 연주.

그것도 관객들 앞에서 서툰 솜씨로 보여주는 연주였기에 신입생들은 긴장으로 오금이 다 저릴 정도였다.

그때 나선 것이 컨덕터를 맡은 4학년 김기봉 선배였다.

그의 말투는 마치 유치원생을 가르치는 선생님과 같았다.

"여러분, 오늘이 무슨 날이죠?"

"연주회가 있는 날입니다!"

"맞아요. 조금 긴장되나요?"

"네!"

김기봉의 질문에 신입생들은 마치 유치원생처럼 고분고분 답했다.

김기봉의 익살이 터지기 시작한 것은 그때부터였다.

"당연하죠. 처음 하는 연주니까 긴장될 겁니다. 하지만 긴장을 푸는 방법이 있어요. 가르쳐 줄까요?"

"가르쳐 주세요!"

"자, 그럼 따라 해봅시다. 연주를 하기 위해 입장할 때 이렇게 걸으면 모든 긴장이 날아갈 겁니다."

말을 마친 김기봉이 엉덩이를 쭉 뺐다.

그런 후 30여 명의 신입생 앞에서 엉덩이를 살랑거리며 걸어가는 모습을 보여주었다.

너무 어이가 없어 잠깐 동안 아무 말도 못 하던 신입생들의 입에서 웃음이 터져 나온 건 김기봉이 해보라는 듯 그들을 빤히 바라볼 때였다.

신입생의 반이 여자였으니 막상 해보라는 선배의 시선을 받자 저절로 웃음이 터져 나왔다.

그러나 정말 재밌는 것은 신입생들이 모두 줄을 지어 김기봉이 한 것처럼 걸어가면서부터 생겨났다.

그토록 긴장하던 분위기는 일순간에 날아가 버렸고, 신입생들의 얼굴에 온통 웃음꽃이 만발했다.

역시 경험이란 이렇게 무섭다.

신입생 연주회를 여러 번 겪었기 때문인지 김기봉은 신입생들의 심리 상태를 정확하게 파악해서 순식간에 긴장을 풀어버렸다.

연주회는 생각보다 훨씬 많은 관객이 자리한 상태에서 이루어졌는데 강당의 반을 차지할 정도였다.

아직 서툰 실력으로 화음을 이뤄내며 연주하는 모습을 지켜본 관객들은 격려의 박수를 아끼지 않았다.

비록 아직 미숙한 실력이지만 끝까지 동료들과 화음을 맞추기 위해 애쓰는 신입생들의 모습을 그들은 진정한 마음으로 격려해 주었다.

두 번의 전체 합주가 끝나고 2중주와 3중주가 끝난 후 마지막 순서에 박강호의 독주가 시작되었다.

홀을 울리는 아름다운 선율.

신입생답지 않게 빼어난 실력을 선보이는 박강호의 모습은 진지했을 뿐만 아니라 엄숙함이 느껴질 정도였다.

지금까지는 웃음을 흘리며 신입생들의 연주를 지켜보던 관객들은 박강호가 연주를 시작하자 숨을 죽이며 지켜보았다.

클래스가 다른 연주가 어떤 것인지 보여주기라도 하듯 그는 현묘한 스킬을 선보이며 관객들의 마음을 홀려 나갔다.

모든 곡이 끝나고 잠시 동안 침묵 속에 잠겨 있던 대강당에 우레와 같은 박수 소리가 울려 퍼졌다.

아이들 놀이에 격려 차 왔다가 뜻밖의 훌륭한 연주를 접한 관객들은 박강호에게 뜨거운 박수를 아끼지 않았다.

연주회는 '청혼'이 2주마다 한 번씩 쉬는 월요일에 개최되었기 때문에 박강호도 뒤풀이에 참석할 수 있었다.

선배들은 신입생 모두를 격려하며 칭찬했고, 특히 연주회를 훌륭하게 마무리해 준 박강호에 대해서는 예뻐 죽겠다는 듯 끌어안으며 난리를 쳤다.

뒤풀이는 신입 회원 환영회가 열린 거구장에서 벌어졌는데 선배들은 돌아다니며 신입생들에 술을 따라주느라 여념이 없었다.

요 몇 해 동안 신입생 연주회가 아무런 사고 없이 마무리된 것은 올해가 처음이었기 때문에 선배들은 즐거움을 숨기지 못하며 술잔을 돌렸다.

특히 박강호에게는 술잔이 쌓일 정도로 모든 선배들이 술을 줬기 때문에 그의 얼굴은 뒤풀이가 시작된 지 불과 한 시간 만에 벌겋게 달아올라 있었다.

보듯 안 보듯 그렇게 윤선아와 박강호의 시선은 선배들이 전해주는 술잔들 사이에서 계속 스쳐 지나갔다.

시간은 계속해서 흘렀으나 두 사람은 누구도 쉽게 자신의 감정을 노출하지 못한 채 안타깝게 서로를 훔쳐봤다.

박강호는 윤선아가 자신이 일하는 '청혼'에 왔다는 것을 알고 있었다.

그럼에도 계속 모른 체할 수밖에 없었다.

누군가를 힘들게 만들고 싶지 않았다.

그 사람이 마음속에 깊게 자리 잡은 사람이라면 더욱더 아프게 하면 안 된다고 다짐했다.

그랬기에 그는 윤선아가 자신을 계속해서 바라보는 것을 알면서도 눈을 부딪칠 수 없었다.

사랑, 천사처럼 예쁜 윤선아는 아픈 사랑을 해서는 절대 안 되었다.

회장인 임재덕이 벌떡 일어나 상석에 선 것은 서클 회원이 모두 기분 좋을 만큼 술에 취했을 때였다.

"신입 회원 여러분 덕분에 오늘 우리 클래식 기타반이 공전의 히트를 치게 되었습니다. 정말 고맙고 사랑스럽습니다."

그가 고개 숙여 정중하게 인사하자 서클 회원들 입에서 함성이 터져 나왔다.

자축하는 유쾌함이 담긴 함성이었다.

임재덕이 회원들을 자제시킨 것은 거구장 주인이 조용히 해달라며 신호를 보내왔을 때였다.

"여러분도 알겠지만 이제 우리 서클은 마지막 큰 행사만을 남겨놓은 상탭니다. 바로 회원들 간의 우의를 다지는 MT입니다."

"와아!"

함성을 자제해 달라고 부탁했지만 회원들의 입에서는 휘파람까지 터져 나왔다.

MT(Membership Training)는 대학생이라면 누구나 꿈꾸

는 로망이었기 때문이다.

특히 이렇게 남녀의 비율이 일치하는 클래식 기타반은 MT
를 통해 많은 CC가 탄생하기 때문에 기대감이 무척 컸다.

회원들의 기대감을 알기에 잠시 동안 가만히 있던 임재덕은
시간이 흐르자 입을 손가락으로 가리키면서 조용히 해달라고
액션을 취한 후 마지막 말을 꺼냈다.

"MT는 지금부터 준비해서 다음 주말에 1박 2일로 시행될
예정입니다. 열외는 인정하지 않겠습니다. 부모님이 위독하다
면 모를까 다른 이유는 전혀 받지 않을 테니 무조건 스케줄
을 맞춰주십시오."

1학년 수업은 교양과목이 대부분이고 기초전공과목만 몇
개 포함되어 있었기 때문에 신입생들은 학업에 목을 매달지
않았다.

대학에 입학하기 위해 고통의 세월을 보낸 그들은 자유를
그리워했고, 캠퍼스가 선사한 낭만에 흠뻑 취해 시간의 흐름
을 잊었다.

이유는 달랐으나 박강호 역시 마찬가지였다.

대학 입학 후 그가 학업을 소홀히 하게 된 것은 등록금과
생활비를 마련하기 위해 일한 것이 가장 큰 원인이었지만 전
공과목이 본격적으로 시작되는 2학년까지는 그냥 넘겨도 버

틸 수 있다는 계산이 있기 때문이었다.

미래를 소홀히 할 생각은 추호도 없었다.

잔인한 현실이 어깨를 찍어 눌러도 그에게는 버텨 나갈 용기와 의지가 가득했으니 조금도 두렵지 않았다.

화요일 수업을 마친 고홍준과 최현승은 일을 하러 가기 위해 가방을 정리하는 박강호를 붙잡았다.

MT의 참석 여부를 오늘까지 결정해서 알려줘야 하기 때문인데 그들은 박강호가 같이 가기를 간절히 원했다.

"갈 수 있겠냐?"

"나는 어려울 것 같다. 그날은 가게가 가장 바쁜 날이야."

"사장한테 말하면 사정을 봐주지 않을까?"

고홍준이 말을 해놓고 담배 연기를 바깥으로 뿜어내며 인상을 썼다.

어렵다는 것을 알면서도 괜한 말로 친구를 괴롭힌 것 같아 마음이 안 좋았기 때문이다.

하지만 박강호는 그런 것에 전혀 신경 쓰지 않은 표정으로 먼 하늘만 바라보았다.

최현승이 나선 것은 고홍준이 더 이상 말을 못 하고 고개를 숙일 때였다.

"강호야, 어렵더라도 가야 해. 서클의 첫 MT잖아. 만약 가지 않으면 네 인생에서 두고두고 후회하게 될 거다. 첫 미팅도 그래서 나간 거 아니었어?"

"알아. 그래서 나도 가고 싶다."

박강호가 담배 연기를 뿜어냈다.

비록 사는 것이 힘들었지만 캠퍼스가 청춘에게 주는 특권을 그 역시 포기하고 싶지 않았다.

그럼에도 망설이는 것은 그의 삶을 지탱해 주는 '청혼'에 피해를 주고 싶지 않았기 때문이다.

최현승이 바짝 달라붙은 것은 박강호의 마음이 흔들리고 있다는 것을 확인한 후부터였다.

박강호가 같이 갈 수만 있다면 MT는 훨씬 더 소중한 추억으로 남을 수 있었다.

"그러니까 사장한테 사정을 말해봐. 말해보고 안 된다면 그때 포기해도 되잖아."

"그래, 강호야. 그렇게 하자. 사장이 안 된다고 하면 깨끗하게 포기하자고."

최현승에 이어 고홍준까지 가세했다.

놈들의 표정은 간절했는데 박강호가 같이 가기를 진정으로 원하는 모습이었다.

"MT?"

"예, 사장님. 주말에 간다고 하네요."

"그럼 가면 되잖아."

"그게… 제가 빠지면 가게가……."

"지랄한다. 넌 인마, 아직 젊은 놈이 생각이 너무 많아. 너 없어도 가게는 잘 돌아가니까 걱정하지 말고 다녀와."

일이 끝나고 어렵게 사정 이야기를 꺼내자 조세현은 두말하지 않고 흔쾌히 허락해 주었다.

박강호가 그동안 한 번도 쉰 적이 없을 만큼 성실하게 일했고, '청혼'이 위기에 처했을 때 결정적인 도움이 되었다는 사실을 그는 잊지 않고 있는 모양이었다.

더욱 고마운 것은 이틀을 쉬어도 월급을 그대로 주겠다는 것이었다.

그렇게 하지 않아도 된다고 사양했으나 조세현은 막무가내로 그를 사무실에서 내쫓았다.

고마웠다.

거친 삶을 살아가는 그에게 이런 고마움은 언제나 가슴속에 켜켜이 쌓여 세상을 힘차게 살아갈 수 있는 용기를 심어준다.

늦은 밤, 일이 끝나고 녹초가 된 몸으로 지하철에 올라 집으로 향하자 피곤이 한꺼번에 밀려왔다.

지하철 1호선은 막차임에도 사람들로 넘쳐났기 때문에 언제나 그렇듯 입구에 서서 창밖을 바라보았다.

멀리 보이는 도시의 불빛이 마치 환상처럼 망막 속으로 다가왔다.

한참을 바라보자 저절로 눈이 감겼다.

제물포까지는 거의 한 시간을 가야 하기 때문에 선 채로 잠이 드는 것이 이젠 습관이 되었다.

"선아야, 안녕!"

"응, 밥은 먹었어?"

"라면에 김밥. 정문 앞에 새로 분식집이 생겼는데 죽여줘. 언제 한번 같이 가자."

최현승이 서클 룸에 들어서며 친구들과 함께 앉아 있는 윤선아를 향해 너스레를 떨었다.

그녀는 이민영, 서여진과 함께였는데 최현승이 말을 붙여오자 반갑게 맞아주었다.

그러나 뒤따라 들어오는 박강호를 확인하고는 자신도 모르게 몸을 굳혔다.

떨렸다.

'청혼'에서 자신의 마음을 확인했지만 그녀는 지금까지 박강호에게 어떤 말도 하지 못했다.

만날 때마다 박강호는 언제나 사람들과 같이 있었고, 바람처럼 사라져 버려 기회를 잡을 수 없었다.

물론 억지로 할 수는 있었으나 그러지 않았다.

하고 싶은 말이 많았음에도 아직까지 자신의 마음을 전달하지 못한 것은 망설임과 번민 때문이었다.

그럼에도 그를 볼 때마다 가슴은 한없이 떨려왔다.

최현승에 이어 고홍준이 알은체를 하며 이민영과 농담을 주고받는 동안 박강호는 잠시 그녀를 바라보다 슬며시 빈자리에 앉았다.

자연스럽게 눈이 그가 앉은 곳으로 따라갔다.

서여진이 불쑥 입을 연 것은 윤선아가 박강호의 뒷모습을 사람들 모르게 훔쳐볼 때였다.

"너희들, MT 갈 거지?"

"당연한 거 아냐? 걱정하지 마. 내가 엄청 재밌게 해줄게."

"나를?"

"응, 내가 평소 너를 무척 좋아했잖아."

고홍준이 뻔뻔하게 말하자 서여진이 코웃음을 흘렸다.

고홍준은 클래식 기타반에 가입한 후 서여진에게 쉴 새 없이 들이대고 있는 중이었는데 그녀는 그것을 즐기고 있는 것 같았다.

"너희들 다 가는 거야? 저기 신비 남자 강호도?"

"강호도 간다. 예쁜 너희들이 가는데 강호가 안 가겠어? 아마 강호도 너희들을 위해 풀 서비스를 하게 될 거다."

"거짓말하지 마."

여전히 콧방귀를 뀌었지만 서여진의 눈이 묘하게 변하며 윤선아를 바라보았다.

그녀는 윤선아의 가슴앓이를 알고 있었기 때문에 자신도 모르게 저절로 눈이 움직였다.

윤선아는 두 사람의 대화에서 박강호가 MT에 참여한다는 사실을 확인하고는 가슴이 두근거리는 것을 간신히 참았다.

어려울 거라 생각했다.

그의 형편을 빤히 알고 있었으니 이틀을 쉰다는 것은 쉬운 일이 아니라고 생각했다.

그런데 간다고 하니 피어오르는 기대감에 가슴이 두근거리는 걸 참을 수 없었다.

지금까지는 기회를 보며 번민에 사로잡혀 있었지만 이틀이란 시간이 주어진다면 어떤 식으로든 자신의 마음을 전달할 수 있을 거란 생각이 들었다.

먼저 와 있던 허윤정이 불쑥 다가와 박강호에게 말을 붙인 건 이민영이 옆에 있던 최현승을 자신의 옆에 앉혔을 때였다.

"강호야, 정말 가는 거니?"

"응, 그럴 거야."

"정말 잘됐다. 나, 너하고 할 이야기가 많았는데."

"나한테 무슨……?"

"호호, 그건 나중에 MT 가서 말할게. 이제야 너랑 이야기할 기회가 생겼네. 정말 잘됐다."

환한 웃음을 흘리며 머리를 쓸어 넘기는 허윤정의 모습은 여전히 아름다웠다.

그녀는 박강호가 MT에 간다는 사실이 무척 즐거운 모양이었다.

허윤정은 몇 마디 더 박강호와 대화를 나눈 후 바쁜 일이 있는 듯 서클 룸을 나섰는데 여전히 그녀의 발걸음은 경쾌했다.

그 모습에 윤선아의 가슴이 싸하게 가라앉았다.

허윤정은 서클 선배와 6개월 가까이 사귀다가 불과 한 달전에 깨졌다고 들었는데 눈앞에서 박강호에게 접근하는 모습을 보자 화가 나서 미칠 것만 같았다.

박강호는 클래식 기타반 신입 여학생 사이에는 서여진의 말처럼 신비의 남자로 통했고, 같이한 시간이 거의 없었음에도 인기가 하늘을 찔렀다.

탁월한 기타 실력과 잘생긴 외모는 환상을 심어줬기 때문에 여학생들은 박강호가 서클 룸에 나타나면 말이라도 붙여보려고 안달을 낼 정도였다.

윤선아는 그런 모습을 보면서도 그리 신경 쓰지 않았다.

박강호에 대해서 아무것도 모르는 그녀들은 불나방이나 다름없었기 때문이다.

하지만 허윤정은 달랐다.

신입 회원 환영회 때부터 적극적으로 박강호에게 들이댄 전력이 있을 뿐만 아니라 누구나 인정할 정도로 예쁜 외모를 가진 그녀는 처음부터 껄끄러운 존재였다.

MT의 총괄 계획은 회장단에서 세웠지만 준비는 2학년과 1학년이 거의 다 했다.

머리는 선배가, 몸을 움직이는 건 후배가 한다는 진리는 서클에서도 확실하게 통했다.

먹을 것을 준비하는 팀이 있는 반면 사전에 선정된 장소에 가서 회원들이 편안하게 움직일 수 있도록 준비하는 팀, 각종 레크리에이션이나 체육 행사를 준비하는 팀이 각자의 임무를 맡아 부지런히 움직였다.

MT에 가는 인원은 거의 80명에 달했기 때문에 사전 준비를 철저하게 하지 않으면 통제가 힘들다는 걸 회장단은 경험으로 잘 알고 있었다.

박강호는 일 때문에 준비팀에서 빠졌지만 친구 놈들이 그의 몫까지 하겠다며 설쳐댔기 때문에 그를 탓하는 사람은 아무도 없었다.

친구 놈들은 강호가 집안에 일이 생겨 도저히 시간을 낼 수 없다는 이유를 들며 회원들을 설득했다.

MT의 장소는 강촌.

대학생들의 MT 장소로 널리 알려진 강촌은 서울과 가까운 곳에 위치했으면서도 옛 모습을 그대로 간직하고 있고, 철길을 따라 조금만 올라가면 넓은 강변이 나오고 많은 인원이 함께할 수 있는 장소가 많기 때문에 대학생들에게 인기가 많았다.

박강호가 청량리역 광장에 도착하자 한쪽에 무리 지어 있는 회원들이 보였다.

회원들은 환한 웃음을 지으며 대화에 몰두하고 있었는데 기대감과 즐거움 때문인지 얼굴이 무척 밝았다.

먼저 선배들에게 일일이 인사를 하고 나자 윤선아 일행과 함께 있던 최현승이 손을 번쩍 드는 것이 보였다.

"강호야, 왜 이렇게 늦었어? 안 오는 줄 알았잖아."

"가기로 했는데 왜 안 와. 그리고 뭐가 늦어. 아직도 10분이나 남았는데."

"말이 그렇다는 거지, 인마."

최현승이 푼수 같은 웃음을 지었다.

놈은 첫 MT라는 기대감 때문인지 얼굴이 상기되어 있었다.

윤선아가 머뭇거리며 말을 붙여온 것은 한심하다는 듯 고홍준이 최현승의 어깨를 소리 나게 두드릴 때였다.

"밤 되면 추울 텐데 괜찮겠어? 옷이 너무 얇은 것 같아."

"가방에 옷 넣어 왔으니까 괜찮을 거야."

"다행이네."

"선아는 오늘따라 더 예쁜 것 같네. 빨간 옷이 무척 잘 어울려."

"정말?"

박강호의 한마디에 윤선아의 얼굴이 발갛게 달아올랐다.

처음 듣는 소리다.

박강호가 윤선아의 외모에 대해서 이야기한 것은 이번이 처음이었기 때문에 그녀뿐만 아니라 옆에 있던 사람들도 슬쩍 놀라는 표정이다.

하지만 사실이기도 했다.

윤선아는 그동안 거의 입지 않던 빨간 스웨터를 걸치고 있었는데 그녀의 하얀 얼굴과 어울리자 더욱 예뻐 보였다.

이민영이 불쑥 나선 것은 박강호를 짝사랑하는 윤선아를 응원하기 위해서였을 것이다.

"그러고 보니 너희 둘 잘 어울린다. 빨간색과 하얀색이 같이 있으니까 색감이 절묘하네. 안 그러니, 현승아?"

"옷만 어울리겠어? 사람도 어울리지."

"그런가?"

"선아는 참하니까 강호 저놈처럼 야성을 가진 놈은 잘 컨트롤할 수 있어. 성격도 맞는 것 같다."

"그런 것도 같네."

"그만해. 이제 그만 가야 하나 봐."

이민영의 말에 고홍준이 맞장구를 쳐대자 듣고 있던 윤선아가 중간에서 말을 끊었다.

마침 회장인 임재덕이 사람들을 불러 모은 것도 있었지만 듣고 있자니 얼굴이 화끈거렸기 때문이다.

물론 안다.

두 사람이 뭣 때문에 저러는지.

하지만 그녀는 그 소리가 너무나 부담스러웠다.

사랑이란 것은 누군가에 의해 이루어지는 것이 아니라 두 사람이 주고받는 마음에 의해 커가는 것이니까.

인원 출석을 마친 회장단의 지시에 따라 일행은 역내로 이동해서 기차에 올라탔다.

춘천으로 향하는 기차는 그들이 플랫폼에서 기다리고 있자 바로 도착했기 때문에 회원들은 곧장 올라탈 수 있었는데 회장이 지목한 것은 운전석 다음의 첫 번째 칸이었다.

출발 시간보다 20분 빠르게 온 것은 바로 이런 이유 때문이었다.

모든 회원이 한 칸을 통째로 점유해서 같이 여행할 수 있도록 준비한 것도 노하우가 쌓여 있는 회장단의 현명한 선택이었다.

허윤정이 맞은편에서 다가와 박강호의 앞에 앉은 것은 짐을 막 올리고 난 후였다.

의외였지만 그렇다고 누구도 그것에 대해 말하는 사람은 없었다.

서클 회원들이 모두 함께 가는 MT에서 누가 어느 자리에 앉든 하등 이상할 게 없는 것이니까.

물론 좋지 않은 눈초리를 보내는 사람도 있었다.

박강호 일행과 같이 앉아 가려던 이민영과 서여진의 표정이 눈에 띄게 굳어진 것은 윤선아를 의식했기 때문일 것이다.

하지만 그녀들 역시 아무런 말도 하지 못하고 옆자리에 앉을 수밖에 없었다.

회원들 간 친목을 도모하기 위해 가는 행사에서 자리 때문에 얼굴을 붉힌다는 건 말도 안 되는 일이기 때문이다.

잠시 동안의 불편함이 금방 가신 것은 기차가 출발해서 10분도 되지 않아서였다.

젊음의 특권.

차창 밖으로 보이는 모든 것이 청춘들에게는 아름다움 그 자체로 다가왔다.

시간이 조금 더 흐르자 도시를 완벽히 벗어난 기차는 곧 북한강을 끼고 돌며 더없이 환상적인 풍경을 자아냈다.

특별하게 참석한 4학년 선배들의 기타 연주도 감흥을 더하는 데 한몫했다.

그들의 3중주 하모니는 기차 옆을 따라 흐르는 환상적인 풍경과 어울려 잊지 못할 추억을 만들어주었다.

허윤정이 불쑥 말을 건 것은 선배들이 만들어낸 음악을 들으며 박강호가 생각에 잠겨 있을 때였다.

"여기 처음이지?"

"응… 응."

갑작스러운 질문에 박강호의 대답이 부자연스럽게 흘러나왔다.

하지만 허윤정은 개의치 않고 연이어 질문을 던져 왔다.

"서울에는 대학 입학하고 처음 올라온 거니?"

"맞아, 처음이었어."

"네가 산 곳은 어디야?"

"C시야. 조용하고 순박한 사람들이 살아가는 도시. 사람들은 양반이 사는 동네라고 하더라."

"그러니? 나도 가봤으면 좋겠다."

"나중에 기회가 되면 한번 가봐. 특별한 것은 없지만 기억에 남을 테니까."

"네가 데려가 줄래?"

도발적인 질문에 숙이고 있던 박강호의 고개가 들렸다.

그것은 옆쪽에 앉아 있는 최현승과 고홍준도 마찬가지였는데 무척이나 놀라는 눈치였다.

하지만 그들의 반응은 윤선아 일행에 비하면 아무것도 아니었다.

서여진이 고개를 돌리며 중얼거린 건 들으라고 한 것과 마찬가지였다.

"미친년."

기차에서 내린 일행은 버스로 갈아타고 펜션으로 향했다.

말이 펜션이지 이건 거의 민박집이나 다름없는 곳이었다.

워낙 인원이 많기도 했지만 돈이 풍족하지 않은 대학생들의 형편으로는 당연한 것이기도 했다.

그러나 방은 넓었다.

방은 네 개로 나뉘어 있었는데 각 방에 20명씩 들어가도 여유가 있을 정도였다.

그렇다고 해서 편하다는 뜻은 아니다.

짐을 풀고 나자 그 커다란 방이 난장판으로 변했다.

그럼에도 학생들의 얼굴에는 웃음꽃이 흘러넘쳤다.

새로운 환경, 같은 삶을 공유하는 사람들과의 동행은 그들을 행복하게 만들기에 충분했다.

선배들과 후배들이 남녀 합해서 스무 명씩 만들어진 팀은 식사도 각자 해결하는 것으로 되어 있었다.

미리 준비해 온 재료로 무엇을 해 먹든 각 팀의 몫이었기 때문에 팀원들이 맛있게 잘 먹는 것은 그 팀에 자취생이 얼마나 있는가에 달렸다는 말이 공공연하게 나올 정도였다.

박강호가 속한 1팀은 선배가 열두 명이었고 나머지는 신입생이었는데 그중에는 허윤정이 포함되어 있었다.

윤선아는 4팀에 배정되어 박강호와 자연스럽게 떨어졌다.

시끌벅적하게 움직이며 간신히 점심을 해결한 팀원들을 회장이 다시 소집한 것은 한 시간의 자유 시간이 끝난 후였다.

"여러분, 점심 식사 잘 하셨죠?"

"네!"

"원래 밖에서 먹는 밥이 맛있는 법입니다. 어떤 팀은 돌을 씹었다고 하던데 이가 남아났는지 걱정되는군요."

임재덕의 유쾌한 농담에 마당에 모인 회원들이 전부 웃음꽃을 피웠다.

작은 농담에도 이렇게 활짝 웃을 수 있는 것은 식사를 준비하면서 벌어진 에피소드가 너무나 즐거웠고 앞으로 있을 스케줄이 기대되었기 때문이다.

임재덕의 입이 다시 열린 것은 회원들의 웃음이 잦아질 때였다.

"여러분을 소집한 것은 다음 일정을 알려 드리기 위해섭니다. 2시 30분부터 우리는 5㎞ 이어달리기를 하게 될 겁니다. 대상은 각 팀의 남자 회원들이고, 이긴 팀에게는 아주 커다란 포상이 있으니까 최선을 다해주시기 바랍니다. 자, 그럼 이동할 테니까 각 팀별로 움직여 주세요."

회원들이 이동한 것은 강변의 백사장이었다.

앞으로 있을 스케줄이 대부분 백사장에서 이루어지기 때문인데 5㎞ 이어달리기도 그곳에서 열렸다.

500m씩 열 명이 이어달리는 게임.

집행부에서 이어달리기 게임을 생각한 것은 누구 한 사람의 능력으로 인해 팀의 성적이 좌우되는 것을 방지하고 팀 간의 화합을 도모하기 위함이었다.

백사장 양쪽에 큰 깃발이 세워지고 선수들이 반반씩 나뉘어 배치되었다.

여자 회원들은 경기가 시작되기 전부터 파이팅을 외치며 남자들의 팔다리를 주물러 주는 등 적극적이었는데 승부욕에 불타는 모습이었다.

그 대표적인 예가 바로 허윤정이었다.

그녀는 강호 옆에 붙어 선 채 잘하라는 격려를 아끼지 않았고, 어깨 안마까지 해주며 화끈한 응원을 보냈다.

박강호는 마지막 주자였다.

워낙 신체 조건이 좋았기 때문에 4학년 선배는 박강호를 제일 중요한 위치에 놓았다.

그는 박강호가 달리기를 잘할 것이라고 굳게 믿는 눈치였다.

임재덕의 호루라기 신호에 맞춰 선수들이 출발선에 서자 백사장은 긴장감에 사로잡혔다.

거액의 상금이 걸린 건 아니었지만 팀의 일원이 되어 같이 점심을 해 먹고 자유 시간을 보내면서 어느덧 그들은 자신의 팀이 이기기를 간절히 원하게 되었다.

삐익!

몇 가지 주의 사항을 끝마친 임재덕이 호루라기를 길게 불자 첫 번째 주자들이 출발했다.

그것에 맞추어 여자 회원들의 비명 소리가 난무했다.

응원을 하는 것인지 좋아서 팔짝팔짝 뛰는 건지 알 수 없을 정도로 그녀들은 악을 바락바락 쓰며 고함을 질러댔다.

하지만 남자들의 달리기 실력은 뛰어난 것이 아니었다.

대학에 입학하기 위해 공부하느라 체력을 기르지 못했고, 막상 입학하고도 미팅과 술로 세월을 보냈기 때문에 텔레비전에 나오는 육상 선수와 비교한다면 마치 거북이가 기어가는 것처럼 보일 정도로 느렸다.

저질 체력으로 500m를 전력으로 달린다는 건 보통 일이 아니었다. 더군다나 모래밭을 달리다 보니 그 속도는 훨씬 느릴 수밖에 없었다.

그럼에도 막상 달리기를 시작하자 격차가 나타나기 시작했다.

어떤 선수가 주자가 되느냐에 따라 각 팀의 성적이 좌우되었는데 한 번씩 역전이 이루어질 때마다 여자들은 자지러지는 비명을 질러댔다.

하긴, 연신 소리를 질러대는 건 남자 회원들도 마찬가지였다.

하지만 그들의 얼굴은 승부욕에 가득 찬 표정이 아닌, 팀별로 선수들을 격려하는 가을 햇살에 반추된 환한 웃음이 가득 걸려 있었다.

박강호는 자신의 차례가 다가오자 긴장된 눈으로 맞은편을 바라봤다.

그가 속한 1팀은 8번째 주자가 1등과 거의 격차가 없는 2등으로 뛰었기 때문에 9번째 주자만 선전해 준다면 충분히 우승할 수 있을 거라 생각했다.

다른 팀들은 거의 50m 이상 차이가 난 상태라 1등으로 달리는 3팀과 박강호가 소속된 1팀이 경쟁할 게 분명해 보였다.

하지만 박강호의 생각은 9번째로 나선 4학년 선배가 뛰기 시작하면서 어그러지기 시작했다.

큰 키에 바짝 마른 체형.

바람만 불어도 쓰러질 것 같은 체격을 가진 선배는 불과 200m 만에 꽤나 거리가 차이가 난 다른 팀에게 추월당하고 말았다.

하지만 진짜 문제는 그가 300m 정도 뛴 지점에서 더 이상 움직이지 못하고 비틀거린다는 것이었다.

박강호가 자신도 모르게 그에게 뛰쳐나간 것은 다른 팀 선수들이 반환점을 향해 100m 앞까지 맹렬하게 달려오고 있을 때였다.

바람처럼 뛰어나갔다.

워낙 불리한 조건이었지만 박강호의 머리는 포기란 단어를 생각하지 않고 있었다.

갑작스러운 행동에 1팀원이 놀란 표정을 지었다.

특히 허윤정은 그의 달리기를 보면서 입을 다물지 못했는데 다른 사람들이 달리는 속도보다 훨씬 빨랐기 때문이다.

4학년 선배에게 도착한 강호는 그의 손에 들린 배턴을 이어 받고 자신이 있던 쪽으로 돌아오기 시작했다.

이미 다른 팀들은 반환점을 돌아 결승점을 향하고 있는 중이다.

다른 사람들은 모르겠지만 박강호는 달리기에 자신이 있었다.

워낙 운동신경이 발달되어 어릴 때부터 각종 구기 종목은 못하는 것이 없었다.

특히 축구를 좋아해서 밥만 먹으면 운동장으로 나갔고, 복싱을 배우면서는 거의 매일같이 10㎞ 구보를 했기 때문에 달리기는 누구한테도 지지 않을 자신이 있었다.

박강호가 4학년 선배에게 배턴을 이어받은 후 달리는 모습은 야생마를 연상시켰다.

다른 선수들과 근본적으로 다른 그의 속도는 거의 절망 속에 사로잡혀 있는 1팀에게 새로운 희망을 주기에 충분했다.

문제는 거리 차이가 너무 많이 났다는 것이다.

박강호가 반환점을 돌았을 때 1등과의 거리가 거의 200m나 되었기 때문에 추월은 불가능하다고 여겨졌다.

그럼에도 박강호는 엄청난 속도로 앞 팀들과의 격차를 줄이기 시작했다.

선배가 뛰어야 할 거리까지 더 뛰었기 때문에 훨씬 체력 소모가 컸음에도 그의 속도는 다른 선수들보다 빨랐다.

1팀이 모두 미친 듯 소리를 질러대기 시작한 것은 박강호가 기어코 3등을 따라잡았을 때였다.

그리고 결승점 바로 전에서 2등마저 추월했을 때 그들은 서로를 끌어안고 기쁨을 숨기지 못하며 방방 뛰었다.

비록 1등은 하지 못했지만 그들은 결승점에 도착해서 허리를 접은 채 숨을 고르고 있는 박강호를 끌어안으며 환호성을 질렀는데 마치 만화에서 나오는 슈퍼히어로를 본 얼굴들이었다.

이어달리기가 끝나고 잠시 휴식을 취한 회원들은 집행부가 마련한 게임을 하며 즐거운 시간을 보냈다.

풍선 터뜨리기, 단체 짝짓기 게임 등 MT에서 단골로 등장하는 게임이 이어져 웃음꽃이 끊이지 않았다.

저녁 식사를 끝낸 회원들이 백사장에 모두 모인 것은 MT의 꽃인 캠프파이어를 하기 위해서였다.

주변에서 나무를 주워 와 제법 커다란 불을 피운 회원들은 그때부터 사회자의 진행에 맞춰 장기자랑을 시작했다.

이번에도 박강호의 옆에는 허윤정이 자리하고 있었다.

그녀는 같은 팀원이 된 걸 기회로 박강호의 옆에서 떨어지지 않았는데 분위기 때문인지 시간이 지나자 술에 취해 얼굴이 발갛게 달아올랐다.

클래식 기타반의 특징은 어떤 노래도 반주가 된다는 것이었다.

지목된 회원이 곡명만 이야기하면 4학년 선배들은 거의 모든 노래의 반주를 즉시 만들어냈다.

허윤정은 역시 화끈한 성격을 가진 여자였다.

사회자가 지목하자 다른 여자 회원들과 다르게 조금도 빼지 않고 앞으로 나가 노래를 불렀는데 솜씨가 보통이 아니었다.

허윤정이 박강호에게 불쑥 말을 붙여온 것은 노래를 끝내고 돌아와 자신의 잔에 있는 소주를 한입에 털어 넣은 후였다.

"우리 사귀자."

"싫어."

"왜 싫은데?"

"그냥."

"너무 웃기다. 그냥이 어딨니?"

"솔직하게 말하는 것보다는 그게 좋을 것 같아서."

"말해봐. 혹시 내가 서클 선배와 사귄 것 때문에 그래?"

"그건 아냐."

"그럼 뭔데?"

"그만 가. 솔직하게 말하기 싫어. 그러니까 그만해."

"아니, 말해야 돼. 네 말에 타당한 이유가 있다면 그만할게."

"정말 듣고 싶어?"

"그래."

"그렇다면 말해줄게. 나는 사랑은 쉬운 게 아니라고 생각해. 많은 생각과 고민 끝에 결정해야 진정한 사랑을 할 수 있어. 나는 그런 사랑을 하고 싶다."

"나와는 안 된다는 뜻이니?"

"미안하다."

캠프파이어가 거의 끝나가자 회장인 임재덕이 자리에서 일어나 가운데로 나왔다.

그는 커다란 통을 하나 들고 있었는데 회원들은 그 용도를 몰라 어리둥절한 표정들이다.

"회원 여러분, 나는 오늘 같은 날들만 있었으면 좋겠습니다. 우리가 살아가는 인생이 오늘처럼 행복하다면 얼마나 즐거울까요. 이 모든 것이 이번 행사를 철저하게 준비한 회장과 집행부의 노력이라고 생각합니다. 그렇지 않습니까?"

"맞아요!"

역시 회장이라 그런지 말을 잘한다.

회원들의 마음을 들여다본 것처럼 말을 꺼낸 임재덕은 노련하게 자신의 공치사도 잊지 않았다.

그런 후 회원들의 환호성이 끝나자 천천히 말을 이어나갔다.

"우리 회원의 숫자는 정확하게 못 온 사람을 포함해서 113명입니다. 못 온 사람들은 취업에 매진하고 있는 4학년 선배님들이 대부분이기 때문에 이번 MT에는 실질적으로 거의 모든 회원이 참여한 거나 다름없습니다. 이건 우리 서클의 단결력이 하늘을 찌른다는 걸 단적으로 보여주는 것입니다. 박수!"

임재덕의 선창에 회원들이 우레와 같은 박수를 보냈다.

그는 선천적으로 선동가적인 기질을 가진 모양이었다.

그의 말이 다시 시작된 것은 회원들의 박수를 충분히 끌어낸 후였다.

"저는 고민 끝에 이번 MT에서 특별한 행사를 하려고 준비했습니다. 우리는 대학생입니다. 먹고 마시고 놀기 위해서만 MT를 온 것이 아니란 걸 여러분께 알려주고 싶습니다. 그래서 준비한 게 이것입니다."

임재덕이 커다란 통을 치켜들었다.

회원들은 여전히 의아한 눈으로 통을 쳐다봤는데 거의 모든 사람이 모르는 눈치였다.

"여기에는 41개의 번호가 적혀 있습니다. 지금부터 한 사람씩 나와서 번호를 뽑을 겁니다. 그런 후 같은 번호를 뽑은 사람과 한 시간의 시간을 줄 테니 충분히 대화를 나누세요. 선배와 후배, 그리고 친구가 될 수도 있겠죠. 대학생으로서 같은 공간에서 같은 삶을 살아가는 사람이 어떤 고민이 있는지, 어떤 생각을 가지고 살아가는지 알아보는 시간이 되기를 진심으로 바랍니다."

임재덕의 말에 잠시 동안의 침묵이 흐른 후 회원들의 웅성거림이 생겨났다.

전혀 생각하지 않은 이벤트.

하지만 곧 회원들은 고개를 끄덕인 후 집행부의 의도에 적극적인 반응을 보였다.

서클에 가입해서 오랜 시간이 지났어도 누군가와 진지한 이야기를 나눈 적이 거의 없다는 게 생각났기 때문이다.

참으로 좋은 제안이었다.

나 말고 누군가와 자신의 삶을 이야기한다는 건 살아가면서 쉽게 얻지 못할 체험이 될 것이다.

그랬기에 회원들의 눈은 기대감으로 빛이 나기 시작했다.

회장의 지시에 한 사람씩 번호표를 뽑았다.

인원수가 많았기 때문에 번호표가 모두 뽑혔을 때는 거의 10분이 지난 후였다.

임재덕은 모두 번호표를 뽑고 원래의 자리에 앉자 통을 내려놓은 후 1번서부터 호명했다.

그의 호명에 자연스럽게 1번을 뽑은 두 사람이 자리에서 일어났다.

새로운 경험에 상기된 얼굴을 한 두 사람은 4학년 선배와 기계학과를 다니는 남자 신입생이었다.

번호가 계속 불리며 호명된 사람들은 자신들만의 공간을 찾아 어둠 속으로 빠져나갔다.

윤선아는 자신이 뽑은 번호 35번을 손에 꼭 쥔 채 박강호를 바라보았다.

다른 팀으로 배정된 바람에 MT를 온 이후 지나가면서 몇 마디 나눈 것이 전부였다.

이곳에서 자신의 마음을 전하려 했다.

박강호가 MT에 참석한다는 것을 알게 된 다음부터 계속해서 이날을 기다려 왔기 때문에 회원들의 눈치를 보며 기회를 엿봤다.

하지만 상황은 이상하게 흘러 말할 기회조차 주어지지 않았다.

박강호의 옆에는 항상 팀원들이 같이했고, 집행부가 마련한 스케줄이 연속으로 진행됐기 때문에 둘만의 시간을 갖는 건 불가능에 가까웠다.

더군다나 허윤정은 눈엣가시 같은 존재였다.

그녀는 기차를 탄 이후부터 거의 박강호 곁을 맴돌았는데 마치 스토커처럼 따라다닐 정도였다.

허윤정이 계속 박강호의 옆에 붙어 있는 것을 보면서도 한 마디도 할 수가 없었다.

마음이 아파왔고 두 사람을 볼 때마다 계속 보기가 힘들어 고개를 돌리곤 했다.

그의 곁에서 연신 웃음을 터뜨리는 허윤정의 모습은 기괴한 웃음을 흘리는 메두사처럼 소름이 끼치도록 두려운 것이었다.

그리고 지금,

전혀 예상치 못한 이벤트가 진행되자 묘한 긴장감에 사로잡힌 자신을 발견할 수 있었다.

집행부가 만들어준 기회였지만 처음에는 기대조차 하지 않았다.

그러나 많은 사람들이 빠져나갔음에도 맞은편에 앉아 있는 박강호가 일어서지 않자 점점 가슴이 떨려왔다.

이미 허윤정은 번호가 불려 자리를 뜬 상태였기 때문에 박강호는 혼자 앉아 물끄러미 꺼져가는 모닥불을 보고 있었다.

허윤정은 언제부턴가 박강호의 곁에서 보이지 않았는데 30분도 넘은 것 같았다.

그렇게 죽자 사자 옆에서 떨어지지 않더니 이해되지 않는 일이었다.

이제 대부분이 빠져나갔고 남은 사람은 열댓 명밖에 되지 않았다.

자신의 차례가 점점 다가오자 숨이 막힐 것 같아 연신 마른침을 삼켰다.

35번.

기어코 회장의 입에서 자신을 가리키는 번호가 흘러나왔다.

부들거리는 몸을 간신히 이끌고 천천히 일어섰다.

그런 후 반대편을 바라보자 박강호가 일어서는 것이 보였다.

다리가 휘청거리는 걸 간신히 참았다.

어떻게 이럴 수가 있을까?

그 수많은 사람들 중에 자신의 짝으로 박강호가 선택된 것은 운명의 장난임이 분명했다.

박강호는 자신의 번호가 불리고 윤선아가 먼저 일어나자 깊은 한숨을 내쉬었다.

그녀의 모습이 추워 보였다.

9시가 넘은 강변의 바람은 모닥불의 열기가 수그러들자 제법 쌀쌀해졌는데 그래선지 윤선아는 추위를 느끼고 있는 것 같았다.

처음에는 친구들의 장난으로 시작된 사이였다.

그녀는 정말 아름다웠으나 그때는 아무런 생각조차 가지지 않았다.

아니, 못 했다는 것이 맞을 것이다.

집을 잡혀 어머니의 눈물로 대학에 들어온 놈이 학기가 시작되자마자 여자를 사귄다는 건 미친 짓이나 다름없었다.

그랬기에 그 후 서클 룸에서 그녀를 만났어도 아무렇지 않게 지냈다.

하지만 시간이 지날수록 그녀가 눈에 밟히기 시작했다.

그녀의 아름다운 눈망울이, 그녀의 선한 웃음이 자꾸 떠오르며 점점 그의 가슴속으로 들어왔다.

잠자리에 들 때면 녹초가 된 몸이었지만 언제나 그녀의 얼굴이 떠올랐다.

같이 있고 싶었다. 그녀와 차를 마시며 남들이 하는 것처럼 아름다운 캠퍼스를 거닐고 싶었다.

하지만 그럴 수 없었다.

그녀는 기회가 날 때마다 계속 말을 걸어왔으나 갖은 핑계를 대며 자연스럽게 빠져나갔다.

대화를 하게 되면 자신의 마음을 들킬 것 같았기 때문이다.

가장 좋은 방법은 냉정하게 자르는 것이었지만 그렇게는 하고 싶지는 않았다.

조금이라도 그녀에게 상처를 주고 싶지 않았다.

그런데 기어코 피할 수 있는 일이 생기고 말자 박강호는 눈을 지그시 감았다가 떴다.

어쩌면 우리는 피할 수 없는 운명인 모양이다.

박강호가 먼저 걸었고, 그 뒤를 윤선아가 따라왔다.

백사장은 넓었지만 곳곳에 짝이 된 사람들이 보였다.

앉아 있는 사람들도 있고 천천히 걷는 사람들도 있었다.

그런 사람들을 보며 박강호는 한참을 더 걸어 나갔다.

이왕 이렇게 된 거, 둘만의 공간에서 그동안 숨겨놓은 이야기를 하고 싶었기 때문이다.

두 사람은 아무런 말 없이 한동안 걸었다.

박강호가 걷는 속도를 늦췄기 때문에 윤선아는 어느새 그의 옆에서 나란히 걷고 있었다.

그러고는 결국 아무도 보이지 않자 박강호는 걸음을 멈추고 윤선아를 바라보았다.

"여기 앉을까?"

"응."

올 여름 홍수 때 떠내려온 것으로 보이는 커다란 나무를 뒤로하고 두 사람은 강 쪽을 향해 편하게 앉았다.

이렇게 앉으면 아무도 이곳에 두 사람이 있다는 것을 모를 정도로 나무는 충분히 컸다.

강은 달빛을 받아 화려하게 보였다.

찰랑이는 물결이 마치 보석처럼 빛나고 있다.

"아름다워."

"그래, 너처럼 예쁘다."

윤선아가 고개를 돌려 박강호를 바라보았다.

짧았지만 진심이 느껴지는 말이었기에 윤선아는 자신도 모르게 박강호의 눈을 살폈다.

그는 왜 이런 말을 할까?

"나, 너한테 꼭 할 말이 있었어."

"알아."

"안다고? 어떻게?"

"네 눈이 계속 말하고 있었잖아."

윤선아의 가슴이 철렁 내려앉았다.

그렇구나.

사람은 말로 해야만 자신의 마음을 전달하는 게 아니라더니 박강호는 자신의 행동과 눈빛에서 이미 많은 것을 알고 있던 모양이다.

"그런데… 왜 그랬어?"

"힘들었으니까."

"뭐가 그렇게 힘들었는지 말해줘."

그녀는 이제 아름다운 강을 바라보지 않고 오직 박강호를 향해 시선을 고정시킨 채 움직이지 않았다.

간절한 눈빛.

그녀의 눈은 박강호의 마음을 확인하고 싶다는 열망에 가득 사로잡혀 있었다.

"나는……."

박강호의 이야기가 시작되었다.

아주 어릴 적 처음으로 큰형이 바나나를 가져왔을 때 한 개를 여덟 조각으로 나누어 온 식구가 먹은 이야기부터 중학교 때의 추억들을 하나씩 꺼냈다.

어려운 가정 형편으로 공고를 진학한 일과 나쁜 길로 빠져들어 방황한 일, 정신을 차린 후 미친 듯이 공부한 이야기도 했다.

집을 잡혀 어머니의 눈물 속에서 대학에 진학한 슬픔과 은행으로 향하는 육교 위에서 오랫동안 방황한 기억들을 말했을 때 윤선아는 기어코 눈물을 흘렸다.

그녀의 눈물은 조용하고 아름다웠다.

등록금과 학비를 마련하기 위해 고된 아르바이트를 한다는 사실을 끝으로 오랜 이야기를 끝낼 때까지 윤선아의 눈은 박강호의 얼굴에서 한 번도 떠나지 않았다.

그의 이야기가 끝났을 때는 거의 30분이 흐른 후였다.

"고마워."

"뭐가?"

"나한테 모든 걸 말해줘서."

"응."

"네 사정 대충은 알고 있었어. 청혼에 가서 네가 일하는 것도 봤고. 노래 정말 잘하더라."

"네가 온 거 봤지만 알은체를 하지 않았어. 그러면 안 될 것 같아서."

"…그랬구나."

"이젠 너한테 모든 걸 말하고 나니까 후련해. 너도 듣고 나니까 후련하지?"

"그렇긴 하지만 너무 속상해."

"고맙다."

"내가 널 좋아한다는 걸 언제부터 알았어?"

"오래전에. 언제부턴지는 기억나지 않아."

"그런데 왜 그랬어? 혹시 내가 싫어서 그런 거야?"

"아니. 널 슬프게 만들고 싶지 않았어. 나와 사귀게 되면 힘들어질 테니까. 많이 아플 거고 많이 괴로울 거야. 이젠 내 이야기 다 들었으니까 그 맘 접어."

"그러기에는 너무 늦었어."

"아니, 그러지 마. 너만 아픈 게 아니야. 이젠 네가 그만두지 않으면 나는 너보다 더 아프게 돼."

"왜?"

물어오는 윤선아를 박강호는 바라보지 않았다.

한참을 침묵 속에 있던 그의 입이 천천히 열린 것은 이벤트가 끝났다는 호각 소리가 허공에 길게 울려 퍼질 때였다.

"나는… 나도 널 많이 좋아하니까. 그래서 널 슬프게 만들고 싶지 않아."

"이런 바보!"

파랗고 높은 하늘.

쓸쓸함에 젖어 있던 박강호의 가슴에도 조심스럽게 아름다운 사랑이 찾아왔다.

MT에서 서로의 마음을 확인한 박강호는 시간이 날 때마다 윤선아와 만나 많은 이야기를 나누었다.

캠퍼스의 모든 장소가 그들의 데이트 장소였다.

정문까지 길게 늘어선 가로수 옆 잔디밭이 그랬고, 숲 속벤치와 도서관의 로비, 학생 식당이 전부 그들과 함께한 장소였다.

추억은 쌓여갔고, 가을은 그렇게 깊어갔다.

늘 서로를 생각하는 사랑은 영혼을 정화시켜 세상의 모든 것을 아름답게 만들고 있었다.

드디어 10월이 되자 캠퍼스는 열기를 띠기 시작했다.

축제의 계절.

C대의 축제는 10월에 열리기 때문에 월초부터 캠퍼스에는 수많은 플래카드가 나를 봐달라는 듯 흔들리기 시작했다.

시험이 끝난 후라 학생들의 얼굴은 한껏 밝아져 있었는데, 여기저기에서 축제 때 함께할 상대를 구하기 위해 미팅 약속을 잡느라 분주하게 움직이고 있었다.

고홍준이 강의실로 들어서는 박강호를 붙잡고 호들갑을 떨어댄 건 뭔가 중요한 일이 생겼다는 걸 의미한다.

"강호야, 드디어 시작되었다."

"인마, 놓고 얘기해. 다짜고짜 이게 무슨 짓이야?"

"크크크, 우리가 기다리고 고대하던 축구 시합이 시작된단 말이다."

"축구 시합?"

"그래, 총장 배 축구 시합!"

"그래서?"

"너 옛날에 공 좀 찼다고 했잖아. 우리 시합에 나가서 한판 신나게 뛰어보자. 우승 한번 해보자고!"

고홍준이 거품을 물고 설명하기 시작했다.

총장 배 축구 시합.

C대의 축제 때마다 학생들의 체력 단련을 명목으로 벌어지는 행사 중 하나이다.

무려 27년 동안 계속된 행사이고 단과대별로 예선전을 거쳐 축제 마지막 날 결승전이 벌어지기 때문에 학생들의 관심이 무척이나 높았다.

고홍준은 별것 아닌 것처럼 이야기했지만 우승은 결코 쉬운 일이 아니었다.

C대는 단과대만 해도 13개였고, 학생처에서 별도 팀으로 출전하기 때문에 전부 14팀이 경기를 치르게 된다.

더군다나 인원이 많은 공대나 운동신경이 뛰어난 놈들로 가득 찬 체육대를 뛰어넘는다는 것은 보통 어려운 일이 아니었다.

그럼에도 고홍준이 이렇게 거품을 무는 건 그가 중학교 때까지 축구 선수로 활약한 때문이었다.

그는 오랜만에 자신이 가장 좋아하는 축구 경기가 열린다고 하자 박강호를 붙잡고 같이 시합에 출전하자며 졸라대기 시작했다.

자신도 모르게 마음이 동했다.

축구라면 고홍준 못지않게 좋아했기 때문에 뛰고 싶다는
생각이 저절로 솟구쳤다.

『멋진 인생』 2권에 계속…

초대형 24시 만화방

신간 100%, 샤워실, 흡연실, 수면실(침대석), 커플석, 세탁기 완비

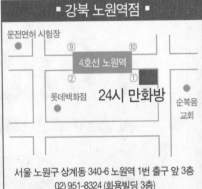

■ 강북 노원역점 ■

서울 노원구 상계동 340-6 노원역 1번 출구 앞 3층
02) 951-8324 (화용빌딩 3층)

■ 일산 정발산역점 ■

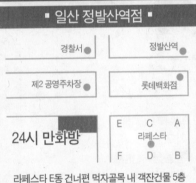

라페스타 E동 건너편 먹자골목 내 객잔건물 5층
031) 914-1957

■ 일산 화정역점 ■

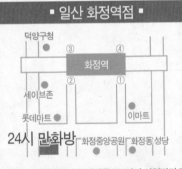

경기도 고양시 덕양구 화정동 984번지 서일빌딩 7층
031) 979-4874 (서일사우나 건물 7층)

■ 부천 역곡역점 ■

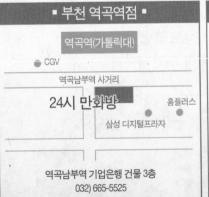

역곡남부역 기업은행 건물 3층
032) 665-5525

■ 부평역점 ■

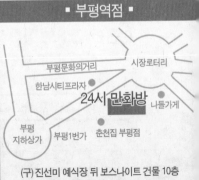

(구) 진선미 예식장 뒤 보스나이트 건물 10층
032) 522-2871

MAJOR LEAGUER

메이저리거

FUSION FANTASTIC STORY

강성곤 장편 소설

꿈꾸는 자에게 불가능은 없다!

『메이저리거』

불의의 사고로 접어야만 했던 야구 선수의 꿈.
모든 걸 포기한 채 평범한 삶을 살던
민우에게 일어난 기적!

"갑자기 이게 무슨 일이지?"

그의 눈앞에 나타난 의미 모를 기호와 수치들.
그리고 눈에 띈 한 단어.
'타자(Batter)'

**특별한 능력을 얻게 된 민우의
메이저리그 진출기가 시작된다!**

Book Publishing CHUNGEORAM

유행이 아닌 자유추구-
WWW.chungeoram.com

paráclito

빠라끌리또

FUSION FANTASTIC STORY

가프 장편소설

막장 비리 검사가
최고의 검사로 거듭나기까지!
그에겐 비밀스러운 친구가 있었다.

『빠라끌리또』

운명의 동반자가 된 '빠라끌리또'가 던진 한마디.

−밍글라바(안녕하세요)!

그 한마디는 막장 비리 검사, 송승우의
모든 것을 통째로 리뉴얼시켜 버렸다.

빠라끌리또=Helper, 협력자, 성령.

Book Publishing CHUNGEORAM

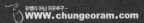

유행이 아닌 자유추구 −
WWW.chungeoram.com

이계진입 리로디드
임경배 퓨전 판타지 소설
FUSION FANTASTIC STORY
『권왕전생』 임경배의 2015년 신작!
『이계진입 리로디드』
왕의 심장이 불타 사라질 때,
현세의 운명을 초월한 존재가 이 땅에 강림하리라!
폭군으로부터 이세계를 구원한 지구인 소년 성시한.
부와 명예, 아름다운 연인…
해피엔딩으로 이야기는 끝인 줄 알았건만
그 대가는 지구로의 무참한 추방이었다.
그리고 10년 후…….
"내가 돌아왔다! 이 개자식들아!"
한 번 세상을 구한 영웅의 이계 '재'진입 이야기!
Book Publishing CHUNGEORAM
유행이 아닌 자유추구 -
www.chungeoram.com

만상조 新무협 판타지 소설

FANTASTIC ORIENTAL HEROES

천하제일이란 이름은 불변(不變)하지 않는다!

『광풍제월』

시천마(始天魔) 혁무원(赫撫源)에 의한 천마일통(天魔一統)!
그의 무시무시한 무공 앞에 구대문파는 멸문했고,
무림은 일통되었다.

"그는 너무나도 강했지.
그래서 우리는 패배했고, 이곳에 갇혔다."

천하제일이란 그림자에 가려져 있던 수많은 이인자들.

"만약……."
"이인자들의 무공을 한데로 모은다면 어떨까?"
"시천마, 그놈을 엿 먹일 수도 있을 거야."

이들의 뜻을 이어받은 소년, 소하.
그의 무림 진출기가 시작된다.

Book Publishing CHUNGEORAM

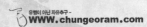

유행이 아닌 자유추구 -
WWW. chungeoram.com

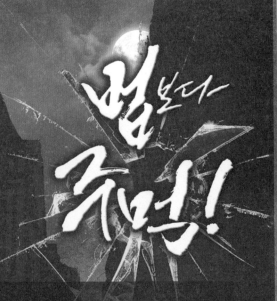

사략함대 장편소설

FUSION FANTASTIC STORY

2016년 대한민국을 뒤흔들 거대한 폭풍이 온다!

『법보다 주먹!』

깡으로, 악으로 밤의 세계를 살아가던 박동철.
그는 어느 날 싱크홀에 빠진다.

정신을 차린 박동철의 시야에 들어온 건 고등학교 교실.
그리고 그에게 걸려온 의문의 ARS는 그를 새로운 인생으로 이끄는데······.

빈익빈 부익부가 팽배한 세상, 썩어버린 세상을 타파하라!

법이 안 된다면 주먹으로!
대한민국을 뒤바꿀 검사 박동철의 전설이 시작된다!

FUSION FANTASTIC STORY

고고33 장편소설

세무사 차현호

대한민국의 돈, 그 중심에 서다!

『세무사 차현호』

우연찮게 기업 비리가 담긴 USB를 얻은 현호는
자동차 폭탄 테러를 당하게 되는데……

그런 그에게 주어진 특별한 능력과 두 번째 삶.
하려면 확실하게, 후회 없이 살고 싶다!

"대한민국을 한번 흔들어보고 싶습니다."

대한민국의 돈과 권력의 정점에 선
세무사 차현호의 행보에 주목하라!

Book Publishing CHUNGEORAM

유행이아닌 자유추구 -
WWW. chungeoram.com